すぐ読める！

蔦屋重三郎と江戸の黄表紙《きびょうし》

ライター・編集者
山脇麻生 著

國學院大學文学部教授
中村正明 監修

時事通信社

はじめに

この本を手に取ってくださり、ありがとうございます！

今ここを読んでくださっているということは、江戸時代や江戸の文化に関心をお持ちの方でしょうか？ あるいは、２０２５年放送のＮＨＫ大河ドラマがきっかけで、次々にヒット作を世に送り出した蔦屋《つたや》重三郎《じゅうざぶろう》に興味が湧いて、手に取ってくださったのかもしれませんね。

ところで、一代で始めた出版業が大当たりし、「江戸のメディア王」などと呼ばれるようになった蔦屋重三郎ですが、それほどまでに江戸の人々を夢中にさせた本って、どんなものだったのでしょう。ちょっと読んでみたいと思いませんか？

本編で詳しくお伝えしますが、重三郎が手掛けた数多《あまた》の出版物の中に、ほとんどのページに絵が入った「黄表紙《きびょうし》」という読み物があります。その成り立ちを紐解きつつ、実際に「黄表紙」を読んでいこうというのが本書の狙いです。

ここでちょっと自己紹介をさせてください。私は、兵庫県から上京してきて漫画編集者になり、現在はフリーランスのライターとして各紙誌にコミック評や漫画関連記事を寄稿したり、大学のマンガ学部で学生たちに講義を行ったりしながら、隙あらば漫画を読んでいる漫画好きです。

そんなこともあって、「黄表紙」の存在を知った時は驚きました。今から数百年も前に、こんなに漫画的な読み物があったとは！　と。とぼけた味わいのキャラクターが、当時の流行を取り入れたファッションに身を包んで繰り広げる珍騒動。背景の描写も細かくて、パラパラめくっているだけでも当時の人々の様子がありありと浮かんでくる。それが、楽しいんですよね。

とはいえ、くずし字や、そこに書かれている言葉の意味を真に理解するには、専門の知識が必要そう……。漫画好きとしては、このハードルを何とか越えたいと解説書を片手に、原本と解説を交互に読み比べたりもしましたが、情報がぶつ切れになってしまい、漫画を読む時のようにスッとは内容が入ってこない。つまり、初心者にはハードルが高かったんです。

そこで、江戸時代の読み物を専門に研究されている國學院大學文学部日本文学科教授の中村正明先生のお力を借り、気になったことをどんどん質問しながら、「黄表紙」を読んでみることにしました。

1章では、重三郎が手掛けた仕事や「黄表紙」のなりたちなど、実際に作品を読む前に知っておきたい情報を網羅的にまとめています。

いよいよ2章からは、初心者の私が愉快な絵や、くずし字のかろうじて読める部分を手がかりに、中村先生と一緒に「黄表紙」を読んでいきます。作品の下には、くずし字を現代のテキストに置き換えた翻字《ほんじ》がついていますので、適宜、対応させてみてください。

3章は、蔦屋重三郎を知る上で欠かせない黄表紙の名作や、重三郎自身が作った狂歌などを部分的に読んで楽しむ作品案内となっています。

2、3章は中村先生と私との会話形式になっています。その理由は、物語を追うのと同時に作者が作品に込めたさまざまな仕掛けに触れ、気持ちを途切れさせることなく「黄表紙」を楽しんでいただきたかったから。ぜひ、私たちの会話に交じったつもりでそのグルーヴに身を委ね、愉快な「黄表紙」の世界にどっぷり浸かっていただければと思います。

山脇麻生

私たちと一緒に読みましょう！

中村正明
なかむら・まさあき

國學院大學文学部日本文学科教授。江戸時代後期から明治時代初期にかけて庶民に人気のあった江戸戯作《げさく》を専門に研究。ライフワークは映画鑑賞と映画チラシ蒐集《しゅうしゅう》、好きな漫画は『よつばと！』『アイアムアヒーロー』ほか。

山脇麻生
やまわき・まお

大阪府生まれ、兵庫県育ち。ライター・編集者。京都精華大学マンガ学部非常勤講師。「朝日新聞」「本の雑誌」ほか各紙誌、Ｗｅｂ媒体にコミック評および関連記事を寄稿。増殖し続けるマンガの収納に悩む日々。

目次

すぐ読める！
蔦屋重三郎と江戸の黄表紙

第2章 蔦重がヒットさせた黄表紙を読む

第3章 ナナメ読みで楽しむ必見黄表紙

本書の見方

《凡例》

一、第2章は本文のある全丁（頁）を図版として掲載し、図版下部に原文を左記の基準でテキストに起こし、記載した。

・くずし字（変体仮名）は現代の平仮名に改め、新漢字を使用する。
・原文の漢字は漢字、平仮名は平仮名のまま起こした。
・1文字で使用されているカタカナ（助詞の「ハ」など）は基本的に平仮名を当て、2文字以上のカタカナ（「サテ」など）は、カタカナで起こした。
・繰り返しを表す踊り字（〱・ゞなど）は、原文に形が近いものを当てた。
・原文の改行は、半角アキで表した。
・原文に施されたルビは、くずし字（変体仮名）を現代の平仮名に改め起こした。
・会話の主体は、該当する会話文の前に（　）で示した。
・原文は掲載されているブロックごとに、上右 など記載されている場所を示した。
・一部、濁点を補った。

一、第1・3章は作品の一部をピックアップし、掲載した。

本書に図版として掲載した黄表紙作品の底本は以下の通りである。

◉無題記：『夫は楠木是は嘘木 無益委記』（東京都立中央図書館所蔵・特別買上文庫）

◉大悲千禄本：『御手料理御知而巳 大悲千祿本』（東京都立中央図書館所蔵・加賀文庫）

◉金々先生栄花夢：『金々先生栄花夢』（東京都立中央図書館所蔵・加賀文庫）

◉江戸生艶気樺焼：『江戸生艶氣樺燒』（東京都立中央図書館所蔵・加賀文庫）

◉文武二道万石通：『文武二道万石通』（東京都立中央図書館所蔵・東京誌料）

付記

・作品中には一部、今日では不適切とされる言葉遣いや表現がありますが、作品の資料的価値や時代背景を考えそのまま掲載しています。

・作品の判読を困難にする底本の古い所蔵印、あるいは変色・シミの一部は薄くするなどの処理を施してあります。

くずし字一覧

黄表紙に書かれている文字は「くずし字」（変体仮名）と呼ばれます。よく見ると、現在使われている「平仮名」「カタカナ」に近いものがあります。これ以外にも字母（仮名の元になっている漢字。例：［安］［以］など）やくずし方が異なるたくさんの「くずし字」がありますが、ここでは本書掲載の作品内で比較的よく使われているものを一覧にしています。

あ	か	さ	た
［安］	［加］	［左］	［多］
［阿］	［可］	［佐］	［堂］
い	き	し	ち
［以］	［幾］	［之］	［知］
［伊］	［支］［起］	［志］	［千］
う	く	す	つ
［宇］	［久］	［寸］	［川］
［有］	［具］	［春］	［徒］
え	け	せ	て
［江］	［計］	［世］	［天］
［衣］	［遣］	［勢］	［帝］
お	こ	そ	と
［於］	［己］	［曽］	［止］
	［古］	［楚］	［登］

わ	ら	や	ま	は	な
［和］	［良］	［也］	［末］	［八］	［奈］
［王］	［羅］	［屋］	［満］	［者］［盤］	［那］
ゐ	り		み	ひ	に
［為］	［利］		［美］	［比］	［仁］
［井］	［里］		［三］	［飛］	［爾］
ゑ	る	ゆ	む	ふ	ぬ
［恵］	［留］	［由］	［武］	［不］	［奴］
［衞］	［流］	［遊］	［無］	［布］	［努］
を	れ		め	へ	ね
［遠］	［礼］		［女］	［部］	［禰］
［越］	［連］		［免］	［邊］	［年］
ん	ろ	よ	も	ほ	の
［无］	［呂］	［与］	［毛］	［保］	［乃］
	［路］	［余］	［茂］	［本］	［能］

翻字《ほんじ》を読むときに役立つ！

歴史的仮名遣い・読み替えのポイント

1）は・ひ・ふ・へ・ほ（※語の冒頭にこない、助詞ではない「は行」の場合）↓わ・い・う・え・お

例：もらふ（もらう：貰う）

2）ぢ・づ　↓　じ・ず

例：たひぢ（たいじ：退治）、いづる（いずる：出る）

3）ゐ・ゑ・を　↓　い・え・お

例：ゐる（いる：居る）、かゑつて（かえって）

4）くわ・ぐわ　↓　か・が

例：くわんのん（かんのん：観音）

5）あ段＋う　↓　お段＋う

例：らうそく（ろうそく：蠟燭）、そんりやう（そんりょう：損料）

6）い段＋う　↓　い段＋ゅう

例：きうご（きゅうご：休期）

7）え段＋う　↓　い段＋ょう

例：けふ（きょう：今日）、ごせう（ごしょう：後生）

黄表紙を読む前に

知っておきたい表記の特徴

●本文の表記には、平仮名が多く使われ、句読点がない（但し「御」、「給」などは漢字が使われることが多い）。

●踊り字は繰り返しを表す（ゝは一文字、〱は二文字の繰り返し）。

例：すゞかやま（すずかやま：鈴鹿山）、きん〱せんせひ（きんきんせんせい）

●濁点が書かれていない、濁点の位置がズレている場合がある。

例：たゝのり（ただのり：忠度）

●人物の近くに置かれている文字は台詞《せりふ》である場合が多い。

●拗音（ゃ・ゅ・ょ）、促音（っ）でも文字の大きさが同じであることが多い。

例：ちよつと（ちょっと）、せんじゆ（せんじゅ：千手）

読むうちに少しずつ慣れてきます。

本書では身構えず、気軽に読んでみましょう！

第1章

蔦屋重三郎と江戸の黄表紙

- 蔦屋重三郎ってどんな人？
- 重三郎が出版していた「黄表紙」ってどんなもの？

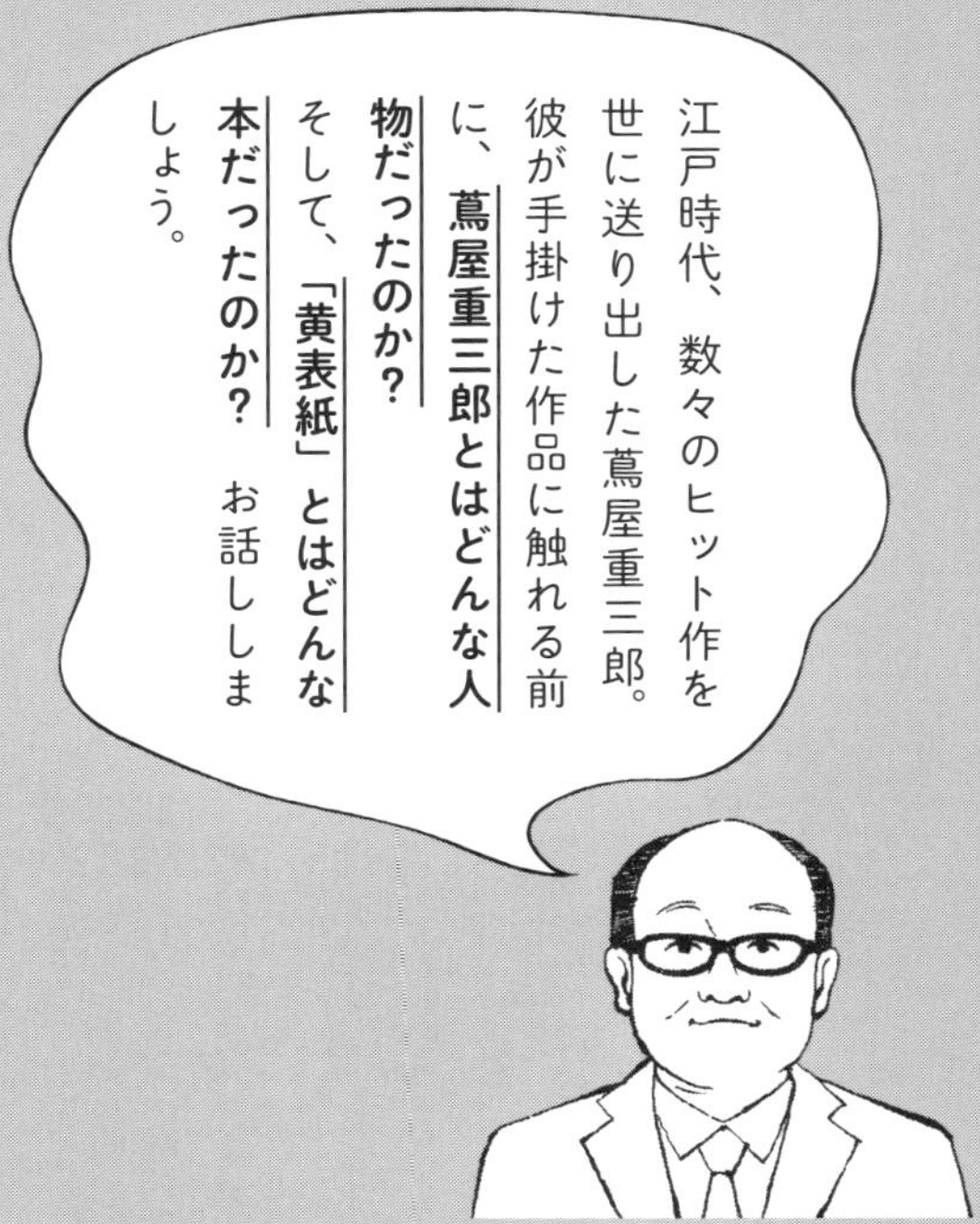
江戸時代、数々のヒット作を世に送り出した蔦屋重三郎。彼が手掛けた作品に触れる前に、**蔦屋重三郎とはどんな人物だったのか？**
そして、**「黄表紙」とはどんな本だったのか？** お話ししましょう。

蔦屋重三郎ってどんな人？

江戸時代、数々のヒット作品を世に送り出し、「江戸の出版プロデューサー」「江戸のメディア王」などの異名を持つ、蔦重《つたじゅう》こと蔦屋重三郎《つたやじゅうざぶろう》。生まれは寛延3年（1750）の新吉原。7歳の時に両親が離婚し、重三郎は喜多川《きたがわ》氏が営む商家「蔦屋」に養子に入ります。

ここで、重三郎が生まれ育った吉原遊廓の成り立ちに簡単に触れておきましょう。吉原が幕府公認の遊廓として日本橋葺屋町《ふきやちょう》（現在の人形町）に誕生したのは元和3年（1617）のこと。その後、明暦の大火（1657）に遭い、浅草寺裏の日本堤に移転したことから、移転前を「元吉原」、移転後を「新吉原」と呼び分けました。本書は吉原移転後の時代のお話になりますので、以後、吉原と表記した場合は新吉原を指します。

成長した重三郎は、茶屋を営んでいた義兄の援助で吉原大門《おおもん》の近くに本屋を開きます。「大門」は吉原へのただ一つの出入り口。吉原の入り口近くに店を構えていた重三郎は、商売をしながら出入りする人々としょっちゅう顔を合わせていました。

江戸時代、諸大名には国元と江戸を1年交代で往復する参勤交代が義務付けられていました。そこで、江戸に詰めている各藩の大名同士が政治的、経済的な意味でお近づきになるべく、〝腹を割って話せる場所〟として選んだのが吉原です。政治家が「折り入ってご相談が……」とかなんとか言いながら、料亭で密談をするような感じでしょうか。

それに加え、吉原では季節ごとにさまざまな行事が行われ、江戸の観光スポットのような側面もありました。特に桜の季節になると、吉原のメインストリートである仲之町《なかのちょう》を埋め尽くすほどの桜が植樹され、身分や階級も関係なく多くの人が集ったそうです。歌会や書画会なども頻繁に催されたため、戯作者《げさくしゃ》や狂歌師、浮世絵師などの出入りも多くありました。そこで重三郎は、武士や文化人との交流を広げ、江戸のメディア王の足掛かりとなる人脈を広げていったのです。

世間の流れを読み、出版業に進出

重三郎が出版業を始めた安永期（1772～1781）は、すでに江戸の出版マーケットが成熟しつつある時期でした。

その頃、江戸の大手版元として活躍していたのが鱗形屋孫兵衛《うろこがたやまごべえ》（生没年不詳）です。鱗形屋はもともと大坂《おおざか》（この頃「阪」の字はこざとへんではなく、つちへんの「坂」が使われ、「大坂《おおざか》」と呼ばれていました）の老舗版元でしたが、江戸でも出版業が盛んになってきたことをいち早く察知し、「上方《かみがた》の本を江戸で売るための支店を作ろう」と江戸へ。その後、「うちでも独自の本を出そう」となり、一気に大きくなったのです。

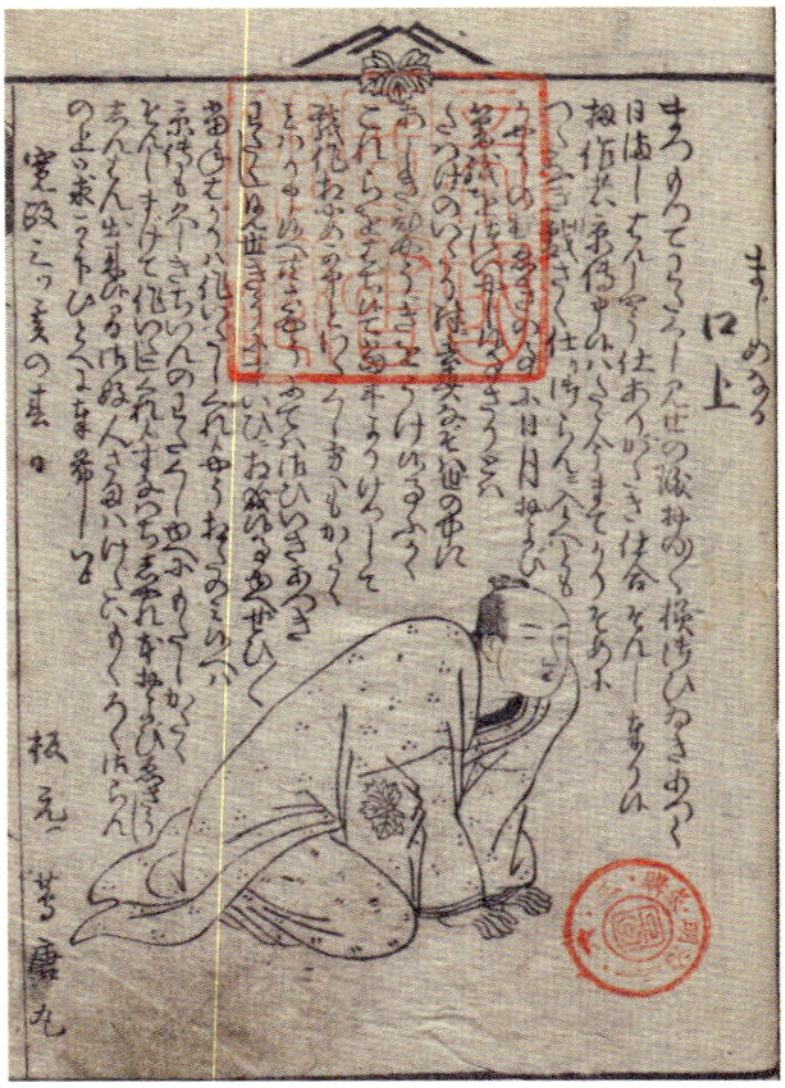

『箱入娘面屋人魚《はこいりむすめめんやにんぎょう》』

山東京伝・作　**歌川豊国**・画　寛政３年・1791 刊
国立国会図書館所蔵

作品の序に登場し「まじめなる（真面目なる）口上」を述べる蔦唐丸こと蔦屋重三郎。

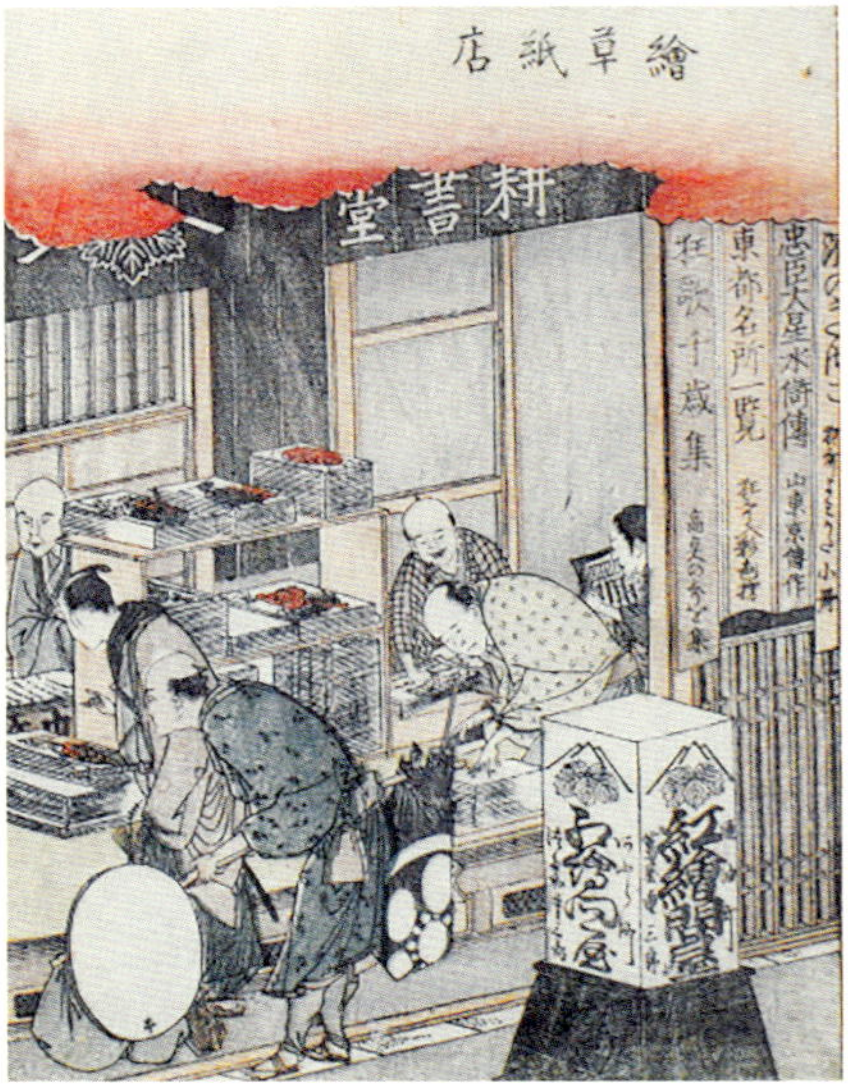

『画本東都遊《えほんあずまあそび》 下 ― 絵草紙店《えぞうしだな》』

葛飾北斎・画　享和２年・1802 刊　中央区立郷土資料館所蔵

看板が並ぶ「蔦屋耕書堂」の店先（蔦屋は屋号）。寛政９年（1797）の重三郎没後ではあるが、当時の店先の様子が伝わってくる。

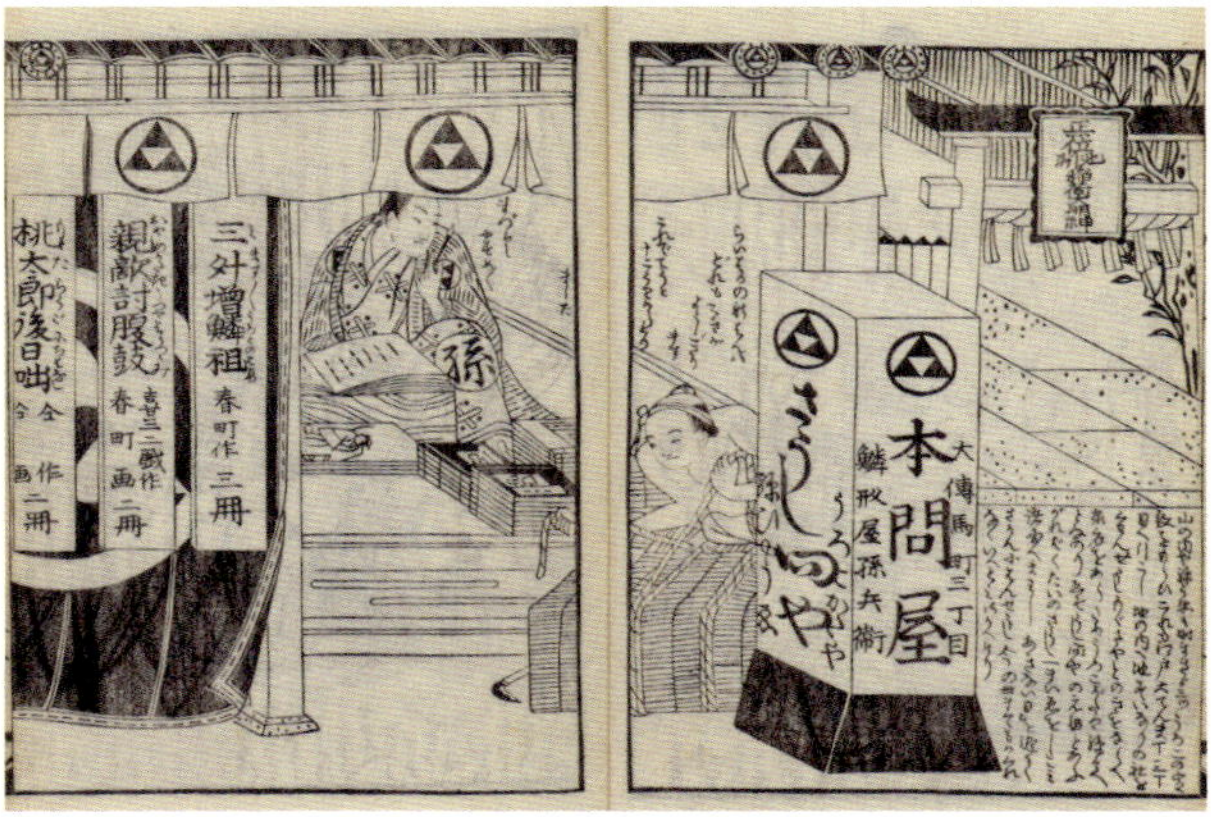

『三升増鱗祖《みますますうろこのはじめ》』

恋川春町・作画　安永６年・1777 刊　国立国会図書館所蔵

作品に登場する鱗形屋孫兵衛。袖口に「孫」とある。店先の暖簾にある紋は鱗形屋のもの。
※底本は昭和２年米山堂より出版されたもの

『東都名所 新吉原五丁町弥生花盛全図』《とうとめいしょ しんよしわらごちょうまちやよいはなざかりぜんず》

一立斎広重・画　天保 15 年・1844　国立国会図書館所蔵

春の吉原。メインストリートである仲之町に植樹された桜が満開。

上図より部分を拡大

孫兵衛と重三郎の活躍期は少しズレているので、純粋なライバルとは言い難いものの、重三郎が孫兵衛を意識していたであろうことは想像に難くありません。両者の関係性を表すとすれば、孫兵衛は「黄表紙」を切り開いた人、重三郎は広めた人となるでしょうか。

この頃の版元には2種類ありました。江戸で出版された洒落本《しゃれぼん》や狂歌集、草双紙《くさぞうし》、浮世絵などを制作・販売する地本《じほん》問屋と、古典文学や仏書などちょっと堅い本を制作・販売する書物問屋です。鱗形屋は前者の組合に入っていて、洒落本や咄本《はなしぼん》をたくさん売り、『吉原細見《さいけん》』（後述）も扱うやり手でした。ところが、鱗形屋の使用人が、大坂の版元が出した本を勝手に改題して江戸で出版し、著作権がらみの訴訟を抱えて失速。数年後に復活を果たしますが、商売をうまく軌道に乗せられずに廃業してしまいます。

天明期（1781〜1789）に入ると、失速した鱗形屋と入れ替わるようにして、重三郎の時代がやってきます。最初の転機は、鱗形屋が独占していた『吉原細見』の〝改め〟（編集者）に抜擢されたこと。「細見」とは遊女屋や遊女の名前、格付けなど、吉原に遊びに来た人が欲しがる情報が記載されたガイド本です。その後、版権を獲得した重三郎は、見やすいレイアウトの改訂版を出版。吉原事情に詳しい重三郎の作る細見は、非常に見やすく評判になりました。ちなみに、江戸の頃は現代ほど著作権に関する法整備が進んでいませんでしたから、「（出版物を刷るための）版木を売ること」＝「著作権を売ること」であったようです。

『吉原細見』をはじめ、遊女評判記『一目千本《ひとめせんぼん》』（安永3年・1774）など吉原にまつわる出版物で出版界に躍り出た重三郎は、経営的にも着実に足場を固め、天明3年（1783）に日本橋通油町《とおりあぶらちょう》に書店兼版元の「蔦屋耕書堂《つたやこうしょどう》」を開きます。この場所を拠点に、重三郎の快進撃が始まるのです。

重三郎が世に送り出した文化人

重三郎は、それまでに培ってきたネットワークをフル活用して、庶民の心を捉える「黄表紙」や狂歌集・浮世絵などを次々に世に送り出していきました。御家人で狂歌三大家の一人・大田南畝《おおたなんぽ》（蜀山人《しょくさんじん》・四方赤良《よものあから》）や、浮世絵師で戯作者の山東京伝《さんとうきょうでん》らと親交を深めて作品を依頼し、新人だった『南総里見八犬伝』（文化11年・1814）の曲亭馬琴《きょくていばきん》や、『東海道中膝栗毛』（享和2年・1802）の十返舎一九《じっぺんしゃいっく》を発掘します。ちなみに、馬琴は重三郎の元でアルバイトをしていた時期があったようです。

この頃の版元と作者の関係ですが、「こんな作品があるのですが、いかがでしょう?」と作者の持ち込みから始まるパターンと、版元から「こういう内容の作品をお願いします」と依頼を作者が受けて制作に入るパターンがありました。この辺りは、今の出版事情とそう変わらないかもしれません。

京伝作の「黄表紙」に、当時の出版事情が垣間見える『作者胎内十月図《さくしゃたいないとつきのず》』（享和4年・1804）という作品があります。その内容は、出版物を赤ん坊に、作品の執筆期間を妊娠・出産に見立てて、版元に新作を依頼されて苦しみながら作品を生み出すというもの。

重三郎と関係が深い人物

『山東京伝似顔《さんとうきょうでんにがお》』

細田栄里・画　京都大学文学研究科図書館所蔵

江戸を代表する戯作者・山東京伝は重三郎と組み、『江戸生艶気樺焼』などのヒット作を生み出した。後年は現在の銀座・京橋エリアで自らデザインした煙草入れを売る店を開き、繁盛させた。

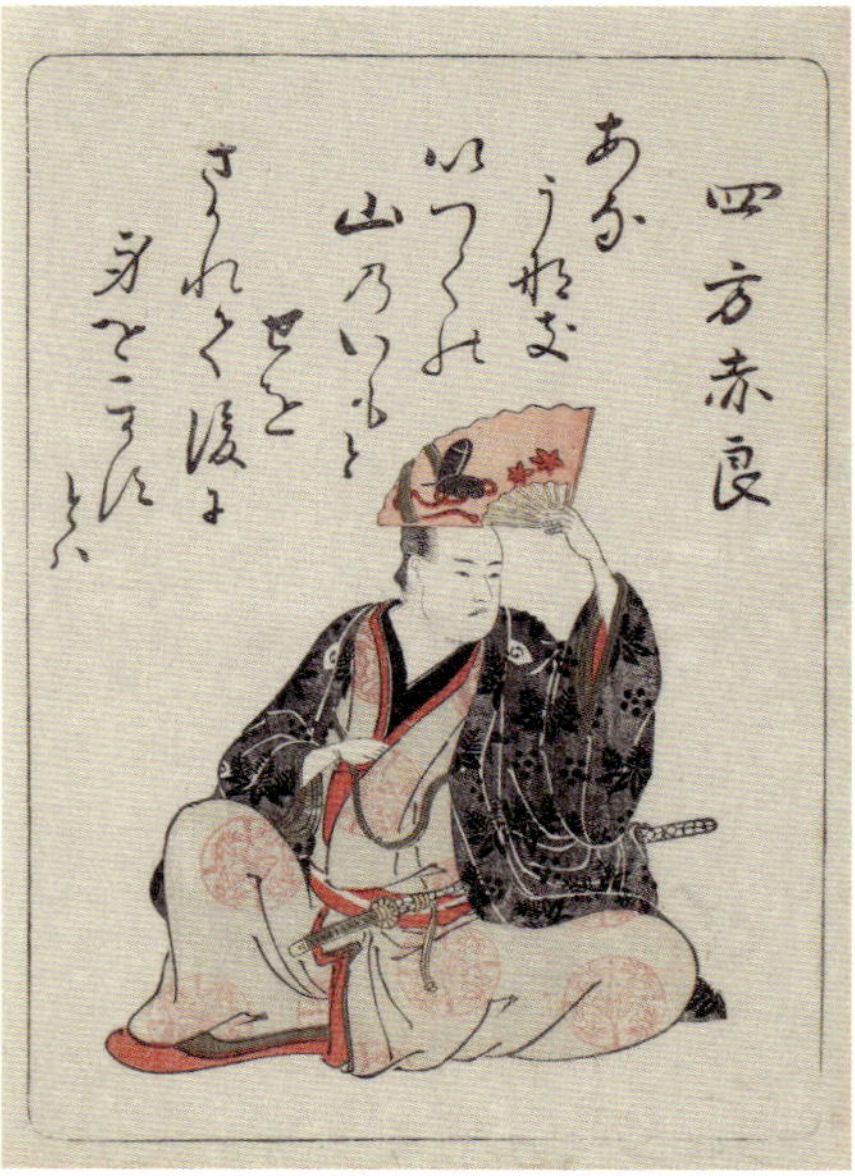

『吾妻曲狂歌文庫《あずまぶりきょうかぶんこ》』

北尾政演（山東京伝）・画　天明6年・1786刊
東京都立中央図書館所蔵

重三郎が出した絵本に、江戸を代表する狂歌師の一人として載る四方赤良（大田南畝）。王朝歌人風に描かれ、狂歌が添えられている。

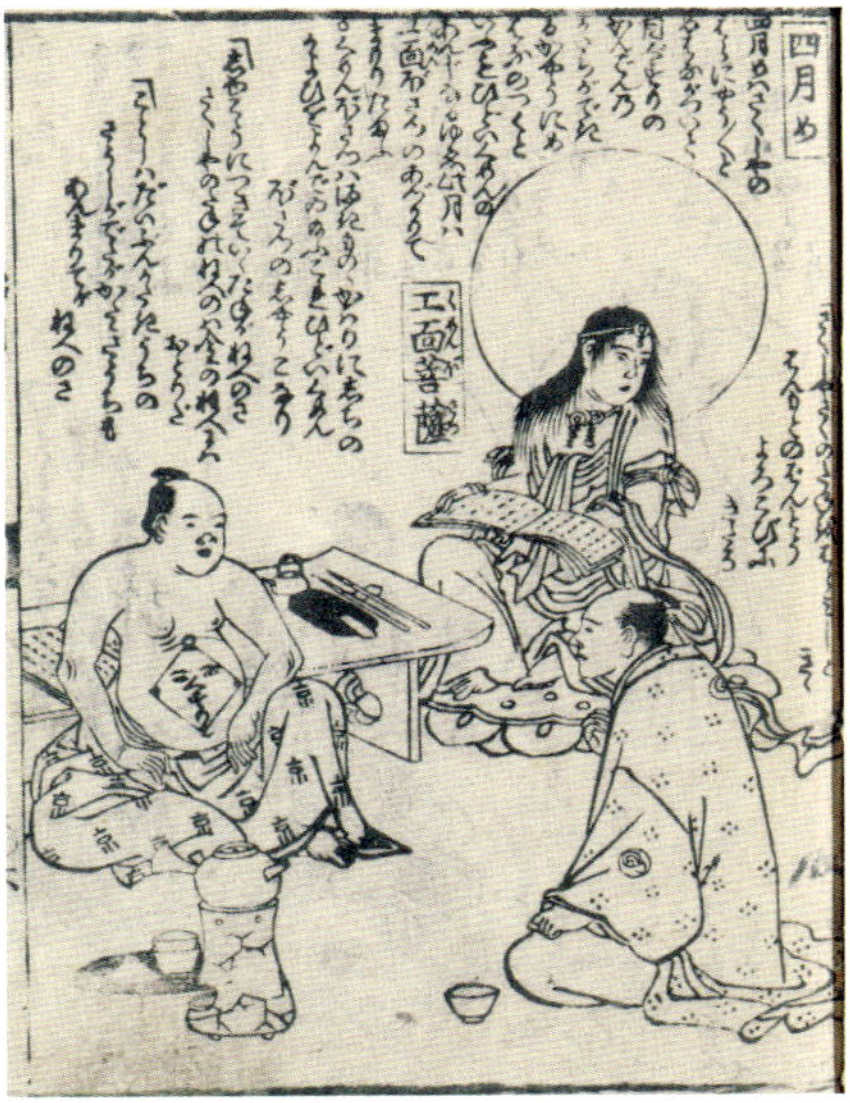

『作者胎内十月図《さくしゃたいないとつきのず》』

山東京伝・作画　享和４年・1804序　国立国会図書館所蔵

作品を身ごもった左の男は山東京伝自身。
その顔は『江戸艶気樺焼』と同じく「京伝鼻」で描かれている。

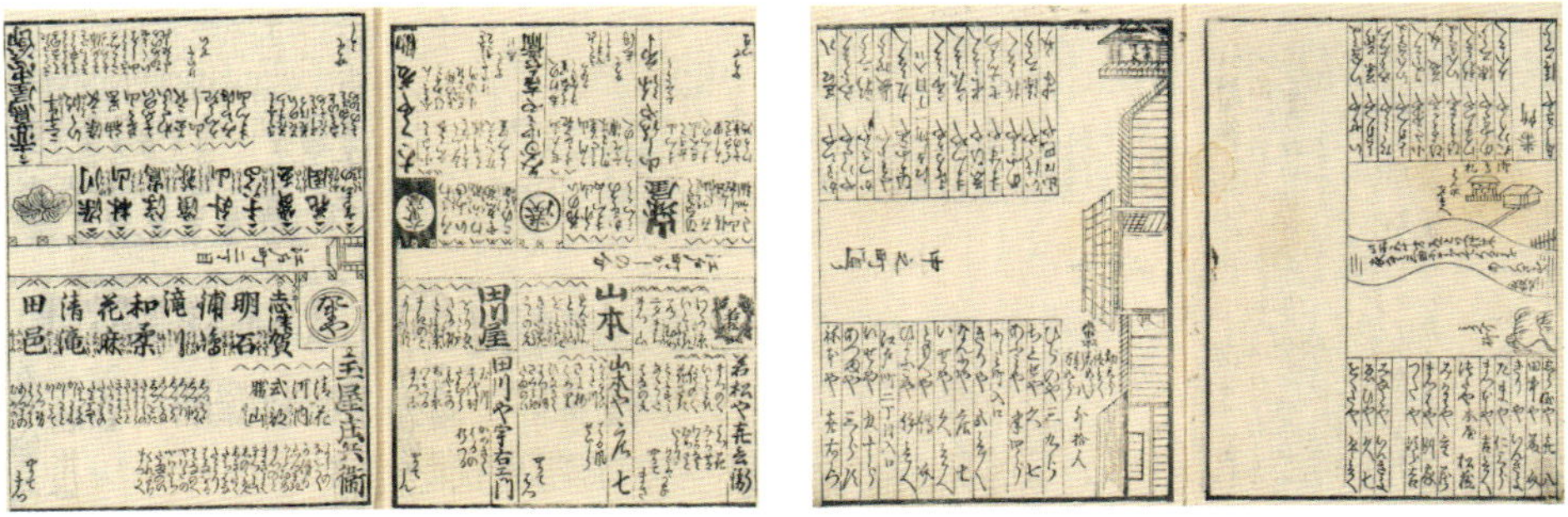

『吉原細見《よしわらさいけん》』

蔦屋重三郎　寛政７年・1795序　国立国会図書館所蔵

見世と遊女が見やすく記載されており、吉原に遊びに来た人々がこぞって買い求めた。

古今東西の作家が、締切や執筆の舞台裏をエッセイなどにしたためていますが、作家が作品を身籠るという斬新な設定に、「黄表紙」ならではのユーモアが溢れています。

世に初めて出た黄表紙と言われている『金々先生栄花夢《きんきんせんせいえいがのゆめ》』（安永4年・１７７５）の作者・恋川春町《こいかわはるまち》は、鱗形屋との関係性が深く、当初は鱗形屋の専属作家でした。当時の江戸を席巻したこのヒット作の版権も3版から重三郎に移り、後に何作もの春町作品を手掛けています。

出す本、出す本が当たり、莫大な財産を築いた重三郎ですが、少しずつ風向きが変わってきます。凶作や飢饉が続くなか、重税にあえぐ人々が大坂・江戸をはじめ全国30カ所で打ちこわし（天明の打ちこわし）を起こし、老中・田沼意次《たぬまおきつぐ》が失脚。続く老中となった松平定信《まつだいらさだのぶ》は、年貢の減少でピンチに陥った幕府の財政を立て直すべく、武士から庶民に至るまで質素倹約を呼びかけます。天明7年（１７８７）から行われた寛政の改革です。

その一環で、寛政2年（１７９０）には出版統制令が出され、遊廓における遊びを描いた洒落本や、幕府に対する笑いや改革を茶化した内容の黄表紙は処罰の対象になりました。表向きは子ども向けの啓蒙書や教訓書めかして法の網の目をかいくぐろうとした重三郎や各版元ですが、お上もその手には乗りません。やがて、山東京伝をはじめ多くの戯作者が、「風俗を乱した」罪に問われて罰せられます。重三郎も彼らの著書を出版したということで、身上半減《しんしょうはんげん》といって、財産の半分を没収されました。

新人絵師を発掘し、出版界に返り咲き

しかし、そこで出版業から手を引く重三郎ではありませんでした。

プロデューサーとしての腕も一流だった重三郎は、それまで無名だった絵師の喜多川歌麿《きたがわうたまろ》と東洲斎写楽《とうしゅうさいしゃらく》を発掘し、浮世絵界の二大スターへと導いていきます。

最初に歌麿の才能を見出した重三郎は、彼を自宅に住まわせ、黄表紙の挿絵を描かせたり、多色刷の狂歌絵本を出版したりしました。寛政4年（1792）には、二人三脚で編み出した〝美人大首絵《おおくびえ》〟が大ヒット。遊女や茶屋の看板娘のバストアップを大きく描いたそれらの作品は、当時のアイドルのポスターのようなものだったのかもしれません。重三郎は浮世絵版画の版元としても名を馳せ、歌麿は美人画絵師として確固たる地位を築いていきますが、他の版元からも引き合いが多く、やがて重三郎のもとを離れます。

重三郎が次に目を付けたのが、デフォルメの効いた〝役者大首絵〟で知られる東洲斎写楽です。写楽の作品は全て重三郎のところから出たものですが、140枚あまりの作品を残し、ある日ぱったり作品を出さなくなったことで、今なお謎の絵師と言われています。

江戸の人々を夢中にさせた時代の寵児・重三郎ですが、寛政9年（1797）に47歳の若さで亡くなりました。なお、重三郎が立ち上げた「耕書堂」自体は明治時代初期まで続いたそうです。

重三郎が仕掛けた大首絵

『三代目大谷鬼次の江戸兵衛《さんだいめおおたにおにじのえどべえ》』

東洲斎写楽・画

寛政６年・1794

出典：ColBase　https://colbase.nich.go.jp/

個性を大胆にデフォルメした顔、指先に力のこもったポーズが印象的。なお写楽の作品は、全て重三郎が手掛けた。

『歌撰懋之部・深く忍恋《かせんこいのぶ　ふかくしのぶこい》』

喜多川歌麿・画

寛政５～６年・1793 ～ 1794 頃

出典：ColBase　https://colbase.nich.go.jp/

繊細な指先や豊かな髪が柔らかな曲線で描かれている。美人画の名手・歌麿の筆が冴える美人大首絵の代表作。

重三郎が出版していた「黄表紙」ってどんなもの？

江戸の文化をリードしてきた重三郎。手掛けた出版物は数多《あまた》ありますが、本書で重点的に取り上げていくのは彼が多数手掛けた「黄表紙」という絵入りの読みものです。ところで「黄表紙」ってどんなものなのでしょう？　そこでこの章では、「黄表紙」とは何かを紐解いていきたいと思います。

「黄表紙」が世に広まったのは、江戸幕府の中興の祖と言われる8代将軍・吉宗《よしむね》の後、老中・田沼意次が実権を握った9代家重《いえしげ》、10代家治《いえはる》の頃です。江戸幕府開府から100年以上経った1700年代半ば、大きな戦乱が収まったことで、庶民の暮らしに余暇や余裕が生まれました。そんな世の中の動きと連動して、農村部にも貨幣経済が行き渡り、都市部では華やかな消費生活が営まれました。そこで歌舞伎や人形浄瑠璃、浮世絵といった文化・芸術とともに花開いたのが「黄表紙」です。

それ以前の1600年代半ば過ぎに、「草双紙」という文学のジャンルが生まれました。「草双紙」はどのページを開いても絵と文字が入っているのが特徴で、時期や内容ごとに、「赤本」「黒本」「青本」「黄表紙」「合巻《ごうかん》」と表紙の色や仕様にちなんだ名前で呼び分けられました。つまり、「黄表紙」とは、「草双紙」の一形態なのです。

表紙が丹色《にいろ》（赤土色）だったことでそう呼ばれた「赤本」は、今の子ども向け絵本のようなもので、『桃太郎』や『さるかに合戦』といった昔ばなしや言葉遊びが中心でした。そこから、若い女性向けに結婚の心得を説いたものや謎々本・遊戯本などが出され、広範な読者に広がっていきます。

歌舞伎や浄瑠璃のダイジェスト版のような黒い表紙の「黒本」は、歌舞伎のパンフレットがみな黒かったことから、歌舞伎人気にあやかってその色になりました。

その次に生まれたのが、萌黄色《もえぎいろ》の表紙の「青本」です。こちらは、演劇作品のダイジェストのほか、和漢の古典文学を下敷きにした内容でしたが、なぜ青くなったかは、はっきりしていません。青本は、当世の文化・風俗を取り入れてひねったパロディが多く、そこに目を付けたのが戯作者と呼ばれる人たちです。

戯作者が世に出た背景も、当時の社会と密接に結びついています。その頃は、兄弟姉妹が何人いたとしても、家督を継ぐのは長男でした。ある程度の財力があり、学を授けられた武士や豪商の次男、三男とて家を継ぐことはできません。活かすことができない知識をもてあました彼らは、集まって俳諧や狂歌に興じるようになりました。やがて、文学的素養のある通人、文人と呼ばれる者の中から現れたのが、戯作者です。

大人をターゲットにして大当たり！

ここで話は江戸から上方に飛びます。

実は、江戸時代前は都のあった京都や、「天下の台所」と呼ばれた商業都市・大坂が出版業の中心地でした。そんな大坂で、元禄期（1688〜1704）に、町人生活をいきいきと描いた読み物「浮世草子」が生まれます。中でもヒットしたのが、それまで忌避されがちだった愛欲を肯定的に描いた井原西鶴《いはらさいかく》の『好色一代男《こうしょくいちだいおとこ》』（天和2年・1682）や『好色五人女《こうしょくごにんおんな》』（貞享3年・1686）などです。江戸前期までは京都・大坂で作られた読み物が江戸に運ばれ、小売りされていましたが、それらを読んだ文人や通人の間で、上方の文化に対抗して、「江戸独自の文学作品を作って楽しみたい」という機運が高まってきました。

そこで生まれた新しい読み物が「洒落本」です。挿絵がなく、口絵がちょこっと入るぐらいの洒落本の舞台は遊里・遊廓、それももっぱら吉原に限定されており、そこでの習慣や風俗、客と遊女のやりとりなどが軽妙に書かれていました。当初、「洒落本」の作者は、文学的素養があり、吉原で遊べる財力を持った武士や豪商などに限られていました。そんな彼らが、「こんなことをやったら、もっと面白いのでは？」と、子ども向けの絵本「草双紙」と大人向けの内容の「洒落本」を結びつけたのが「黄表紙」の始まりです。それまであった青本は、経年変化により、青色が退色して黄色くなることがありました。「それならば、最初から黄色い表紙にしよう」と、この表紙になったのです。

『復刻日本古典文学館 金々先生栄花夢《きんきんせんせいえいがのゆめ》』

日本古典文学会　監修・編集

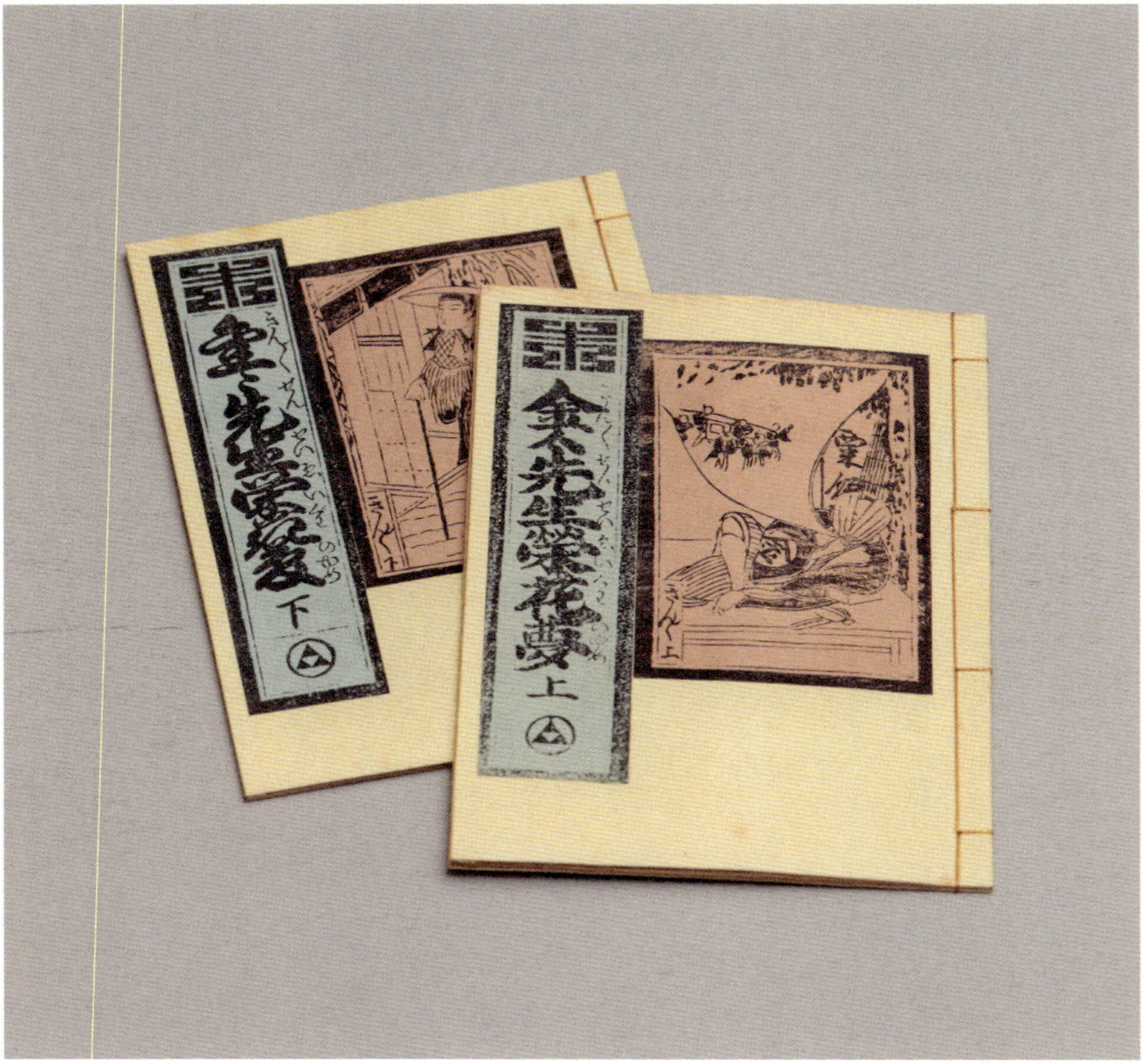

『金々先生栄花夢』から始まった「黄表紙」。地方から江戸にやってきた人々の江戸土産としても重宝された。
なお、表紙の黄色がどんな素材で染められていたかは、未だ研究中である。

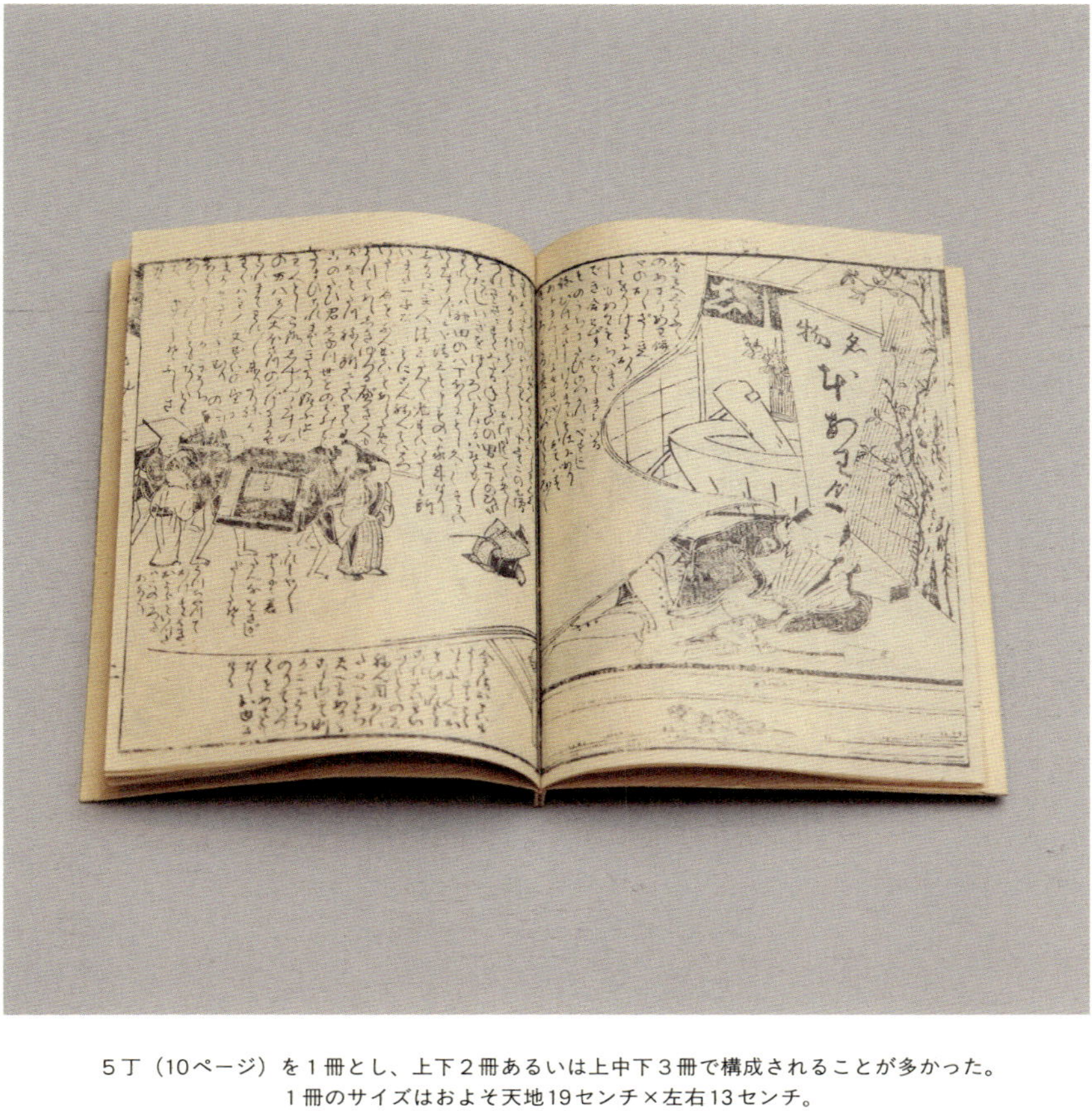

5丁（10ページ）を１冊とし、上下２冊あるいは上中下３冊で構成されることが多かった。
１冊のサイズはおよそ天地19センチ×左右13センチ。

記念すべき黄表紙第1号の作品は、先ほども少し触れた恋川春町の『金々先生栄花夢』です。物語は、地方住まいの青年が、一旗揚げようと江戸を目指すところからスタートします。道行きの途中、粟餅屋で頼んだ粟餅を待つ間にうたた寝し、夢の中で金持ちになった青年は、吉原に深川、品川と遊里・遊廓を遊び歩き、最後は勘当されてしまう……という大人向けの娯楽小説といった内容です。

ターゲットを子どもから大人に変えた草双紙「黄表紙」は、瞬く間に大ヒットしました。しかし、吉原での遊びを読んで楽しむとなると、読者も吉原をよく知る遊客や通人に限られます。そこで、機を見るに敏な版元の、「もっと売れるものを」「遊客や遊女だけでなく、市井の人々の生活や文化を描いた方が読者層も広がるだろう」という意向もあり、やがて「黄表紙」は庶民向けのお話に変化していきます。

現代でいうところのマーケティングの視点が入ったことで、多くの人が読む内容に膨らんでいった「黄表紙」の世界は、ここで花開きます。「滑稽本」、「人情本」、「読本」と呼ばれる娯楽読み物も盛んに作られるようになり、江戸時代中期以降、出版業の中心は上方から江戸に移っていきます。

そんな時流に乗り、江戸の町で才覚を現したのが重三郎だったという訳です。

日本文学に長く息づいてきた「笑い」

黄表紙で圧倒的に多いのが、物事を真正面からではなく裏側や側面から捉えたり、人情の機微などを捉えたりする「うがち」という見方が盛り込まれたユーモラスな作品です。漫画のようにコマを割ってはいないものの、駄洒落あり、パロディあり、時事ネタありと、現代のコメディやギャグ漫画に近い発想のものが数多あり、豊かな想像力や斬新なアイデアに驚かされます。

それにしても、日本人はいつ頃から文学作品に「笑い」を取り入れていたのでしょう？

日本文学史を紐解くと、上代の頃（奈良時代）から駄洒落や地口《じぐち》（ことわざなどをもじった語呂合わせの文句）はありましたし、『万葉集』（奈良時代末期）の中には「嗤歌《わらうた》」という項目が立てられていました。万葉末期を代表する歌人・大伴旅人《おおとものたびと》には、「なかなかに 人とあらずは酒壺に 成りにてしかも 酒に染みなむ」と、酒が好きすぎていっそ酒樽になりたいといった笑える転生願望を詠んだ歌があったぐらいです。

『古今和歌集』にも「誹諧歌《はいかいか》」という部立《ぶだて》があります。その中には、「梅の花 見にこそきつれ うぐひすの ひとくひとくと いとひしもをる（われわれは梅の花を見に来ただけなのに鶯が「人が来た人が来た」と嫌がっていることよ）」と、うぐいすを擬人化した詠み人知らずの歌も。

あるものを別のものとみなして表現する「見立《みた》て」を面白がる精神は、万葉の頃は和歌の中に、江戸期は文芸の中に息づいています。

このように、長く息づいてきた笑いの精神を受け継いだ「黄表紙」ですが、寛政の改革期に相次いで発禁になったことで、笑いの成分を減じて長編化した「合巻」という様式へ移行していきます。

「黄表紙」の体裁と読み方

「黄表紙」は1冊5丁の本2～3冊で完結というのが基本形です（1冊の場合も有り）。1冊のサイズはB6くらい。青年向けのコミックスと同じくらいの大きさです。「丁」とは1枚の紙のことで、半分に折ると2ページになりますから、5丁は10ページ（表裏ではなく、表面だけで考えてください）。つまり、1作品あたり20ないし30ページになります。

仕様は「赤本」の頃から統一されていて、表表紙に書かれたタイトルを「外題」、無地の色表紙に貼られたタイトルが書かれた紙のことを「絵題簽《えだいせん》」と言います。

「黄表紙」の製本

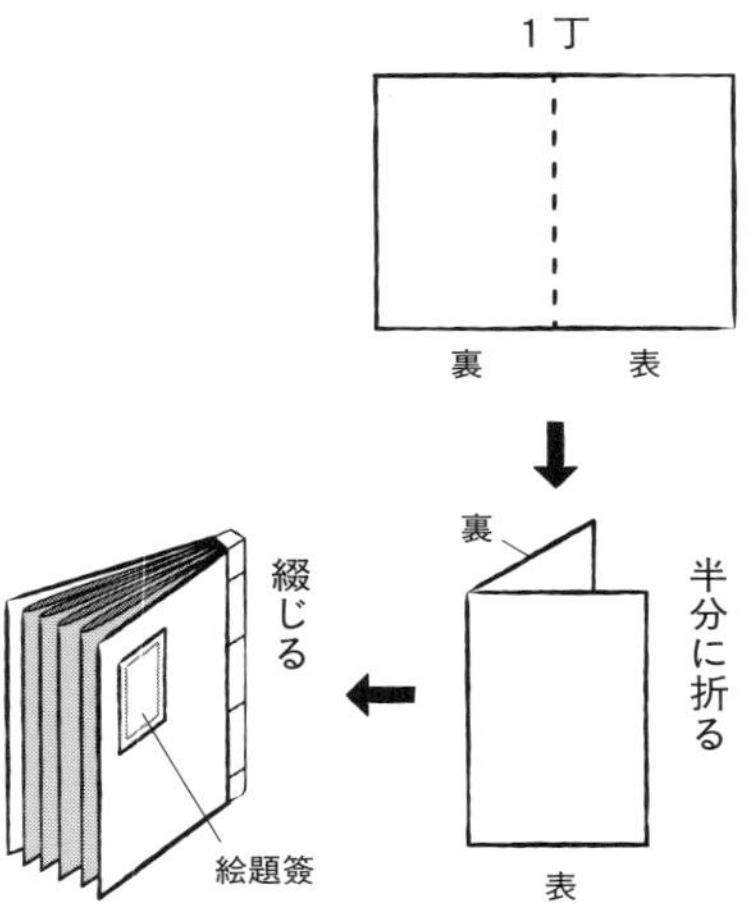

肝心の本文は、大方のページに絵が入っていて、余白に文字（くずし字）が詰め込まれています。文字は右上から左下に読むというざっくりした原則はありますが、時にキャラクターの足元にセリフを置くなど気の向くままに余白が使われています。黄表紙を読む際は、とりあえずその場面に書かれた全ての文字を読み、その後に「ここところが結びつくんだな」と脳内で再構成するといいでしょう。くずし

字は一見、ハードルが高いですが、よく見ると、私たちがよく知る平仮名も散見されますので、まずは読める文字を拾い読みするだけでも楽しめます。

驚くのが、絵も文字も全て木版で刷られたものだということ。着物の柄や背景の襖の模様などの細やかな表現やみっちり書き込まれた文字を見るに、「この細かいルビも全て木に彫ったの？」「どんな彫刻刀で？」と、当時の木版職人を質問攻めにしたくなるほど。

黄表紙の後に生まれた「合巻」は、さらに文字が細かくなります。その文字を一つ一つ彫っていた訳ですから当時の職人には頭が下がります。黄表紙の頃まで、後ろにクレジットされているのは作者と絵師の名前のみでしたが、「この高い技術にも敬意を払おう！」となったのか、合巻の頃には彫師の名もクレジットされるようになりました。

「黄表紙」は「週刊少年ジャンプ」くらいの値段⁉

さて、「黄表紙」1冊の値段はいくらくらいだったのでしょう。

『江戸物価事典』（小野武雄編著・展望社）によると、「青本」「黒本」は1冊6文、「合巻」の時期に10文と記載がありますから、あいだをとって8文くらいだったのではないでしょうか。

当時の1文は現代の貨幣価値で20～30円程ですので、仮に30円とすれば、「黄表紙」1冊の値段は240円ぐらい。現在、「週刊少年ジャンプ」が1冊300円ほど、チェーン店のかけそばが1杯

400円前後ですから、庶民でも手の届く値段でした。

とはいえ、庶民が常に新刊を買い求めていた訳ではありません。江戸時代は今より圧倒的に物資が少なかったこともあり、リサイクル文化が根付いていました。草双紙も同様で、古本も流通していましたし、レンタルで楽しむ層向けの貸本屋も多かったのです。

また、江戸時代の草双紙は、ほぼ全て「漉《す》き返し」という名の再生紙を利用していました。そのおかげで価格を安く抑えることができたのですが、前の墨の匂いが残っていたりして少々匂ったそうで、曲亭馬琴は著書に「臭草子」などと記しています。

大人向けの娯楽小説として生まれ、庶民も手を出しやすい値段に設定された黄表紙のマーケットは、時代を読むのに長けた重三郎をはじめとする版元の存在もあって活況を呈しました。再版などの重複も含めると、1800点を超える「黄表紙」が刊行されたようです。そうして黄表紙は、この時代の文化を象徴する文芸の一つになったのです。

第2章

蔦重がヒットさせた黄表紙を読む

其の1 無題記《むだいき》

其の2 大悲千禄本《だいひのせんろっぽん》

江戸の人々が親しんだ「黄表紙」にとても興味が湧きました。眺めているととっても面白そうですが、文字が**くずし字**で難しそうです！ **初心者でも楽しめますか？**

「黄表紙」は、元々難しい内容のものではありません。くずし字を現代のテキストに直した翻字を「黄表紙」の下に置いていますので、参照しながら読んでみましょう。ここでは**初心者の方でも楽しめる2作品をご紹介します。**

其の1

無題記《むだいき》

作・画：恋川春町《こいかわはるまち》
安永8年（1779）もしくは天明元年（1781）刊行

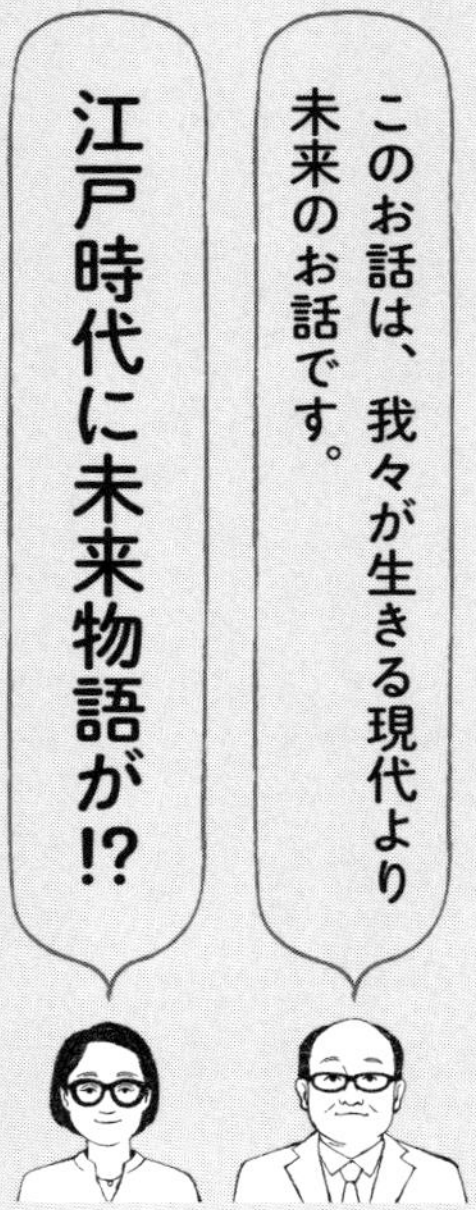

このお話は、我々が生きる現代より未来のお話です。
江戸時代に未来物語が⁉

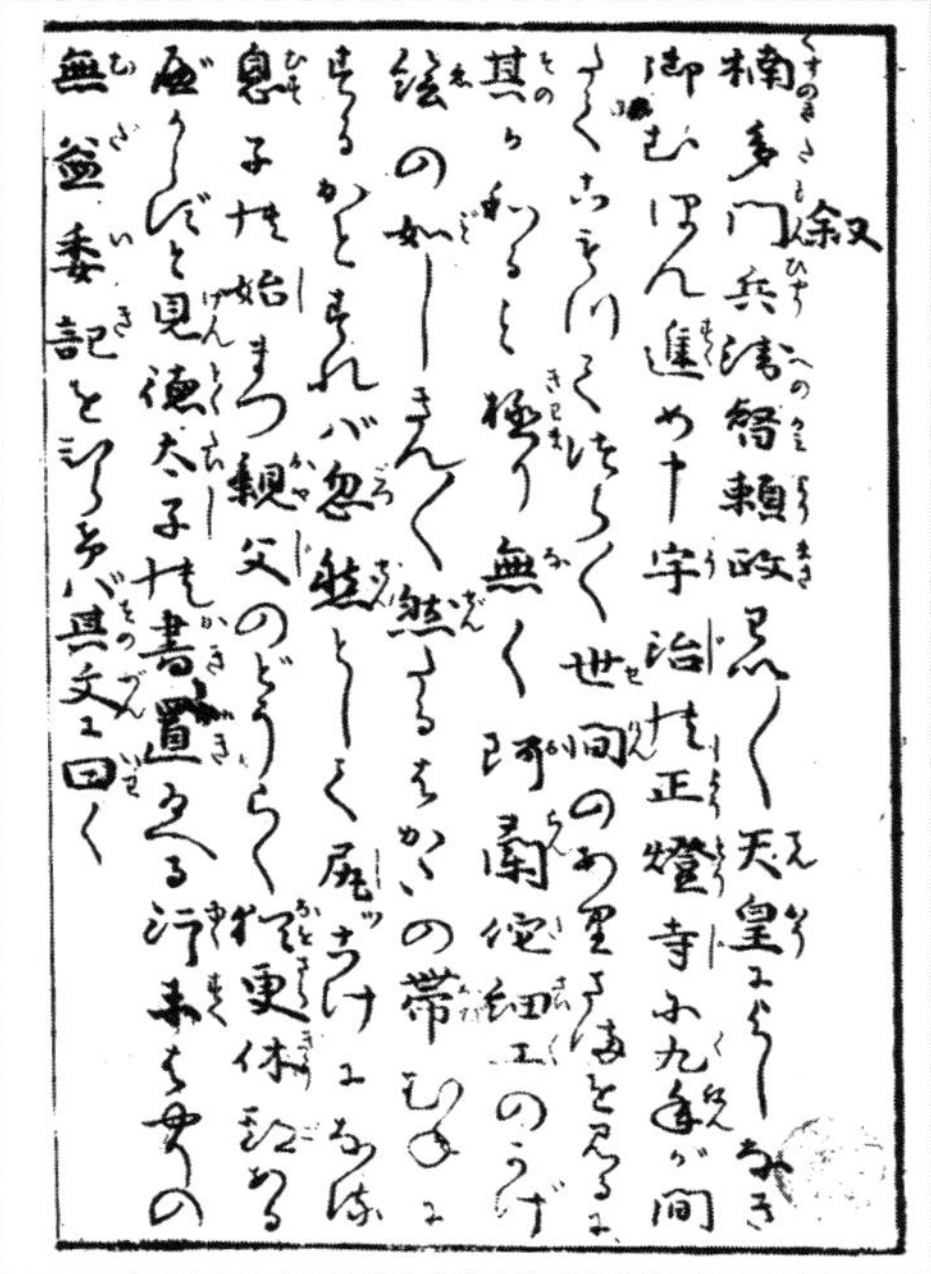

1

叙

楠多門兵衛督頼政《くすのきたもんひやうへのかみよりまさ》わい〳〵天皇《てんおう》によしなき御むほん進《す》め申宇治の正燈寺《しやうとうじ》に九年《くねん》が間たてこもつてつら〳〵世間《せけん》のありさまを見るに其《その》かわること極《きはま》り無《な》く阿蘭陀細工《おらんだざいく》のかげ絵《え》の如《ごと》しきん〳〵然《ぜん》たるはかたの帯《おび》むねにするかとすれば忽然《こつぜん》として尻《し》ッこけになる息子《むす》の始《し》まつ親父《おやじ》のどうらく猶更休期《なおさらきうご》あるべからずと見徳太子《けんとくたいし》の書置《かきおき》給へる行末《ゆくすへ》はやりの無益委記《むだいき》をひらけば其文《そのぶん》に曰《いわ》く

山脇　叙!?　このページは絵がなくて文字だけですね。

中村　このページは序文です。もっともらしく書かれているように見えますが、全てデタラメで、予知能力があったとされる聖徳太子の言葉をまとめた『未来記』を、楠木正成《くすのきまさしげ》が四天王寺を参詣した際に見たという逸話がベースになっています。1行目の「楠《くすのき》多《た》聞《もん》兵衛督《ひょうえのかみ》頼政《よりまさ》」は、名高い武将の楠木正成と源《みなもとの》頼政《よりまさ》を混ぜてでっち上げた名前です。

山脇　それに続く「わいわい天皇《てんおう》」とは、何のことですか？

中村　お正月とかに、「わいわい天王、騒ぐがお好き」などと言いながらお札を撒《ま》き、それを拾った人からお金を貰う物乞いのことです。頼政がわいわい天皇に謀反を勧めて、宇治の正燈寺《しょうとうじ》に9年間立てこもって世間の移り変わりを見ていたら、まるでオランダ細工の影絵（幻灯機のようなもの）のように色々なものが移り変わっていったよ、と。

山脇　わいわい天皇。いかにも世間を掻き回しそうな名前！

中村　その様子を見ていた見徳太子《けんとくたいし》がこの本を書きましたよ、ということです。

山脇　当時にしては、チャレンジ企画だったんですかね。

中村　かもしれません。この作品は評判になり、この後、何作か後継作品が生まれています。あと、本作には、蔦屋発行の書物の証である富士山と蔦の葉を組み合わせた「蔦屋マーク」が、序文のページに入っていません。作者名も入っていないので、『無題記』は蔦屋から出たものではないかも？　という説もあります。ただ、発想や絵の細かさは春町で間違いない。元々、鱗形屋の専属作家でしたので、鱗形屋の商売が傾いた時期に重三郎に頼まれて、この作品を書いたんじゃないかと睨んでいます。

山脇　すると春町は鱗形屋に義理立てして、あえて名前を入れなかったということでしょうか。

中村　そう思われます。春町は義理堅いですね。

山脇　名前を隠したのに、絵が上手いばかりに、250年後の我々に身バレしてしまうとは。ところで『無題記』以外に序文の最終行にある〝無益委記《むだいき》〟をタイトルとする説もあったそうです。どちらが正しいのですか？

中村　最近まで知られていたのは、序文から取った『無益委記』です。序文から取った理由は、初刷の表紙が残っておらず、内題もなかったから。しかし『黄表紙総覧』（棚橋正博《たなはしまさひろ》著・青裳堂書店）の中で初刷の題簽として指摘されているものには『無題記』とあり、私はこちらを支持しています。

山脇　面白い絵ですね。この丁髷《ちょんまげ》の長さたるや！　最初の行は、「人王《にんおう》三万三千三百……」と読めますが。

中村　「人王」とは天皇のこと。「天皇が三万三千三百三十三代目の頃になると」という意味です。今上天皇は126代目ですから、随分未来のお話になりますね。

山脇　超絶未来の割に、丁髷と着物なんですね。

中村　過去の作品に書かれた未来、言うなればレトロフューチャーですね。「はつ松魚」は初鰹《はつがつお》のことで初夏の風物詩ですが、遠い未来には時期がずれて、極月廿日《ごくげつはつか》（12月20日頃）になり、値段が高騰して八百八十両ぐらいになる、とあります。分かりやすく1両10万円で計算すると、現代の価格にして初鰹1本8千8百万円になります。

山脇　都内でマンションが買える値段じゃないですか！

中村　五百両じゃ「返事もせず」だそうです。そして重いものを持つと天秤棒《てんびんぼう》が下に反りますが、遠い未来では上に反る、と。この絵、ナンセンスで好きなんですよね。

山脇　ふふふ。後ろの桶に入っているのは小判ですか？

中村　丸い小判は金貨で、四角いのは銀貨です。初鰹売りの背中にぐねぐねした模様が入っていますが、これは当時人気のあった書家・三井親和《みついしんな》の書を染めたものだと思います。深川に住んでいたから深川親和とも呼ばれた人で、この図案は「親和染め」なんて呼ばれて流行ったんですよ。

山脇　流行りを取り入れているだけあって着こなしもカッコいい。丁髷の二人は、やけにブカブカの格好ですね。

中村　吉原遊びに通じている人を「大通《だいつう》」「通人」と言ったりするのですが、その大通の羽織が「三尺八寸五六分」（約116cm）と長くなり、襟の裏は白くなり、髷《まげ》は釣り竿のように細くなる、とあります。「帯は居風呂のたがのごとし」の意味ですが、昔の風呂桶は木で組んであって、それをタガで留めていました。当時は細い帯が流行っていましたが、未来では逆でそのタガぐらい幅広の帯が流行ったよ、ということです。

山脇　令和の世でもビッグシルエットのファッションが流行りましたけど、歴史は繰り返しますね。二人はどこへ？

中村　大通の傍に、「是《これ》より右　吉はら《原》道」と書かれた石標があります。研究によると実際は、吉原にこんな道しるべはなかったそうですよ。大通は「いっそのこと、吉原の茶屋から客引きを出しておけばいい」と言っています。

山脇　未来では、道案内がちょっと親切になったということですかね。変化が細かすぎます（笑）。

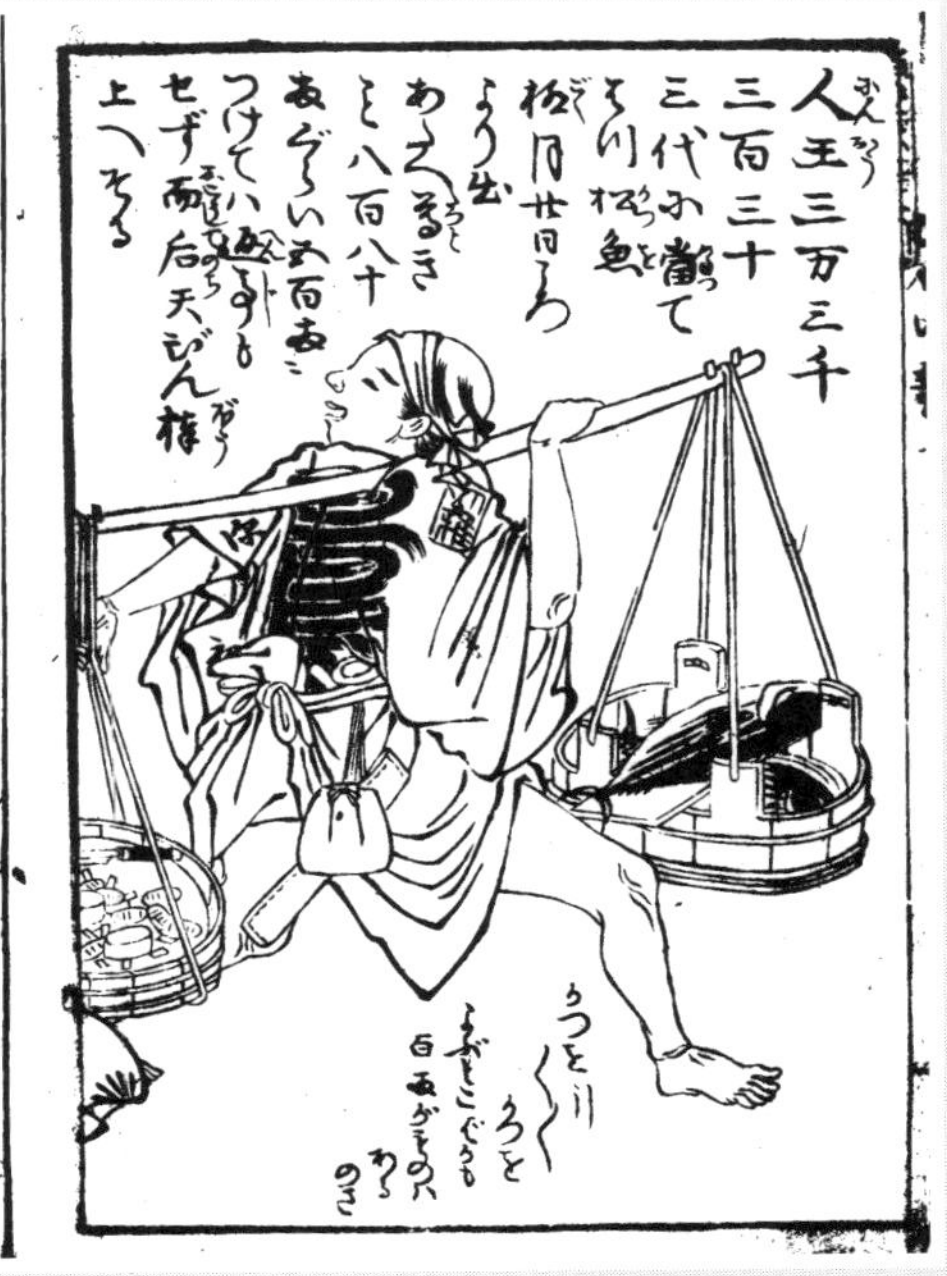

2

3

右頁上

人王《にんおう》三万三千　三百三十　三代に当《あたつ》て　はつ松魚《かつを》　極《ごく》月廿日
ころ　より出　あたへ尊《たつと》き　こと八百八十　両ぐらい五百両
につけては返事《へんじ》も　せず而后《しこうしてのち》天びん棒《ぼう》上へそる

右頁下

（かつお売り）かつを引〱　かつを　よぶとこばか
も　百両がものは　ある　のさ

左頁上

大通《つう》の羽おり長《なが》きこと　三尺八寸五六分　紐《ひも》はか、とへ
とゞき　うらゑり　白く　はけは　釣竿《つりさほ》　のごとく　帯《おび》は居風
呂の　たがの　ごとし

左頁下

（大通）とてものことに　ちややから　やど引を　だして
おけば　よひ

（石標）【是より右吉はら道】

山脇　この場面も目を引きますね。看板には、「御鼠あら《洗》ひ張　大黒屋」とありますが。

中村　洗い張り（衣類を解《ほど》いて糊をつけ、幅を整え乾かす）する時って、このように布を板にしてピンと張り、皺が寄らないようにするんですが、ここは、布ではなく鼠をキレイに染めたり、縞模様をつけたりしてくれるお店ということですね。店名の「大黒屋」は、大黒天の使いが鼠だからでしょう。あと、この時代にペットがすごく流行ったんです。なかでも庶民の間で流行ったのが二十日鼠で。

山脇　この絵ではオットセイぐらいのサイズ感ですけどね。鼻はモグラのようですし。

中村　この店では、「ひわ茶とび色むらさき小もん《紋》其外《そのほか》か《変》わりじま　立しまよこ《横》じまのねづみ《鼠》出る」と、鼠を色んな色や柄にできたとあります。「ひわ茶」「とび色」はこの頃流行した色で、鶸《ひわ》という鳥の羽の萌黄色と、鳶《とび》の羽色の茶色のこと。あとに続くのは、流行った柄ですね。「おせわ《世話》ながら此ねづみ《鼠》を　ちよつとあさぎにつつ《突っ》こんでくんな」とは、この鼠を「あさぎ色」（浅黄＝黄緑色、あるいは浅葱＝薄い藍色）にしたいから、染料の入った壺に突っ込んでおいてくれってことです。

山脇　男の足元に、「かずさねづみ《上総鼠》はじやうがなくてこまりやす」とあります。これはどういう意味ですか？

中村　上総で作られた木綿は、一反の長さ（丈）が規格に満たないことから、〝上総木綿は丈《じょう》（情）がない〟と言われていて、そこからきています。絵の中央辺りを見ると、〝上総御誂《かずさおあつらえ》〟と書かれた紙に鼠がくるまれていて、キレイに仕立てた反物みたいになっています。ここら辺の細かい描写が、いかにも春町なんですよ。

山脇　いい絵師ですね。ところでこの作品、文章が少なくて、ほんと絵本のようですね。

中村　『無題記』は、未来という設定だけが共通の面白おかしい単話で構成されています。つまり、一冊全体を貫く物語がない。このような単話を編んだ作品を最初に手掛けたのが春町で、そのきっかけになったのがこの『無題記』ではないかと考えています。

山脇　なるほど。春町は、この話型を作った人でもあると。

中村　はい。そういう意味でも春町は、黄表紙界のトップなんです。もちろん、他にも物語のない黄表紙はありましたが、それを明確に位置付けて、後々の作品に影響を与えたのが『無題記』なんです。

5　　4

右頁上

ひわ茶とび色むらさき 小もん其外かわりじま 立しま

よこ じまの ねづみ出る

右頁下

おせわながら 此ねづみを ちよつとあさぎに つつこん

でくんな

左頁下

かずさねづみは じやうが なくて こまりやす

（奥の看板）【御鼠あらひ張 大黒屋】

山脇　これはどういう状況でしょう？

中村　中央上辺りに「吉原細見《さいけん》之制札」とありますので、吉原に向かう遊客ご一行ですね。車が大きいから見晴らしがいいのか、「はれぐ〳〵としてよいの」と言っています。

山脇　仲が良さそうな3人組ですね。真ん中は煙管《キセル》を吸っていて、左は頭巾を被っています。

中村　このちょっと気取った煙管の吸い方は、〝ヤニ下がり〟といって、通人の間で流行ったスタイルです。黒い頭巾も、当時の通人が吉原に行く際の一般的なスタイルですね。あまり人に顔を見られたくないということでしょう。

山脇　なるほど。それにしても大きな大八車ですね。「四ツ手車」と書かれていますが、どういう意味でしょうか？

中村　庶民が移動するとき、通常、前後ろ一人ずつが担ぐ駕籠《かご》を使いますが、急ぎの場面では、前後二人ずつで押す「四つ手駕籠」を使います。さらに急いで欲しい時は、担ぎ手に割増料金として酒代を渡しました。未来では、前二人、後ろ二人で動かす「四ツ手車」を使うというパロディですね。「いそぐ《急》時　あぶら《油》代をはづむ」の「あぶら代」は、車に差す油の代金から転じた、酒代を表す隠語です。車夫にたくさん渡せば、さらに急いでくれるよと。

山脇　裸足で急ぐのは大変そうですが、お酒のパワーは絶大ですね。「けつのおどる《踊》はちよびとこまる《困》て」は？　お尻が踊って困るって、どういうことでしょうか？

中村　四ツ手車にサスペンションがないので、上下にガタガタ揺れるのでしょう。乗り心地は悪そうですね。

山脇　右下の車夫が、「こん《今》夜はでへ《大》ぶ《分》くるま《車》のでるばん《晩》た《だ》」と言ってますから、客が多いのでしょうね。吉原が大繁盛している様子が伝わってきます。

中村　「吉原細見之制札」は何かがおかしいと気が付きましたか？

山脇　「細見」って、重三郎が売っていた吉原のガイドブックのことでしたよね。

中村　ここではそれが、高札場に貼られているんです。高札場って、通常は幕府のお達しを掲示する場所なんですが、遠い未来では吉原のガイドブックが掲示されている。

山脇　「〇〇すべからず」みたいなお達しと、吉原のガイドブックではまるで違いますもんね。遠い未来は、相当、色事に関して寛容になっているということなのかな。もしかすると、春町の願望だったりして。

7　6

右頁上

四ッ手車 できる いそぐ時 あぶら 代を はづむ

（客）はれ〴〵としてよいの

右頁中

（客）けつの おどるは ちよびと こまるて

右頁下

（男）こん夜は でへぶ くるまの でる ばんた

左頁下

（男）ぼうぐみ ナント かぢが なげへ じやあ ねへか

細見《さいけん》の 絵図《ゑづ》 高札になる

【吉原細見之制札】

山脇　このお二人は、ご夫婦でしょうか。大丈夫なの⁉　って心配になるぐらい、とんでもない量の汗をかいてますね。溶けた蠟燭のようでもある。

中村　最初に、「六月　大かん《寒》入て　汗つららとなる」とあります。旧暦の6月は1年で一番暑い時分なんですが、未来では「大寒」という二十四節季で一番寒い時期になっているよ、と。

山脇　気候変動も甚だしい（笑）。

中村　夏と冬が一緒になってやってきたということですね。それで、顔から流れ出た汗がつららになっている訳です。夫が妻に向かって「か丶あどのやことし《今年》はさむ《寒》くあつ《暑》い夏だの」と言っています。そこはもう理屈抜きの笑い。そして、「此のそうめん《素麺》はだひぶ《大分》しも《霜》げた」とも言っています。「しもげた」というのは、少しずつ凍り始めるとか、霜で覆われるという意味です。

山脇　冷凍室に入れておいた魚や肉が冷凍焼けしてしまったことならありますが、あれを「しもげる」と言うんですね。

中村　実際は、素麺が「しもげる」ことはありませんが、大寒なので、あえてこう言っているのでしょう。

山脇　私、にゅうめんが大好きでよく作るんですけど、「冷にうめん《煮麺》」って、あったかいのか、冷たいのか、どっちなんだろう。作るのが難しそうです。

中村　大変だと思いますよ。なにせ妻が、素麺が「のび《伸》はしないで、だいぶちゞ《縮》みました」と言っているくらいですから。

山脇　麺を放置すると伸びますが、遠い未来では縮むんですね。おかみさんが無の表情で素麺を掬《すく》っているのも面白いです。漫画の世界にもグルメ漫画という一大ジャンルがあって、美味しそうな食事シーンもあれば、そうでもないけどやたら印象に残るシーンが出てくる作品もあるんですね。本作は断然、後者。設定を考えて漫画に落とし込む時、どの瞬間を切り取るかでセンスが問われる訳ですが、春町は人を見入らせる瞬間を捉えていますよね。

中村　春町はそれが上手なんです。

山脇　キッチングッズの描写も細かいし、春町が描いた全編グルメものの黄表紙も見てみたかったなぁ。

中村　食にまつわる作品ですと、春町には、食べ物がお腹の中で活躍する『腹京師食物合戦《はらのみやこしょくもつかっせん》』（安永8年・1779）という作品がありますよ。

山脇　めちゃくちゃ面白そうです！

9　　8

右頁上

六月大かん入て 汗《あせ》つららとなる 冷《ひや》にうめん を喰ふ

（男） か丶あどのや ことしはさむく あつい夏だの そして此そうめんはだひぶ しもげた

左頁

（女） のびは しないで だいぶちゞみました

山脇　この男性、袈裟《けさ》を掛けているところを見ると、お坊さんですかね。

中村　正解。本来ならお坊さんは女色禁止ですが、男色はおめこぼしされていたんです。それが未来では、「ぼう《坊》主天下はれ《晴》て女郎を買ひ俗はかゑつて陰馬《かげま》を買ふ」となった。つまり、お坊さんが女郎を買うようになった一方で、「俗」（一般人のこと）は、「陰馬」（「陰間」と書くことが一般的）という男色を売り物にする少年を買うようになったということです。

山脇　恋町はあべこべネタが好きだなあ。

中村　お坊さんのセリフ、「医しや《者》にばけ《化》るなどヽはむかし《昔》のことさ」は、僧侶が吉原に行くとき、医者に変装して出掛けたなんて昔のことだよ、という意味です。

山脇　江戸のお坊さんは、そんなことをしてまで吉原に通っていたんですね。抗いがたい魅力がある場所ではあったのでしょうけれど、変装している状態で知っている人に見つかったら、気まずいことこの上なし……。

中村　ここで遊女が、「大きなさかづき《盃》でさ　どうでもだるま《達磨》大酒のおしうし《宗旨》ほどありんす」と言っています。これは「大酒」と達磨大師《だるまたいし》の「大師」をかけた洒落ですね。達磨大師は禅宗でしたから、その宗旨（教え）くらい大きい、壮大だと言っています。「ありんす」は〝あります〟の意味で、廓詞《くるわことば》などと呼ばれる遊女たちが使っていた独特の言葉遣いの一つですね。なぜ廓詞があったかというと、出身地を隠すためだったと言われています。

山脇　身元を隠したい女性もいたでしょうしね。自分のことを「わちき」と言ったり、客のことを「主《ぬし》さん」と呼んだり、語尾に「～しなんし」「～ござりんせん」と言ったりするのを落語や映画で聴いたことがありますが、艶っぽくて、遊客にも受けたのだろうなと思います。ところで、お坊さんの膝元にあるのはおつまみの蛸《たこ》でしょうか。蛸は今でも東京湾で釣れますし、江戸の人々もよく食べたみたいですもんね。

中村　はい。ですが本来なら、お坊さんは生臭物《なまぐさもの》を食べてはいけないはずですよ。

山脇　未来のお坊さんは、戒律を破りまくっているんですね。お酒もすごい勢いで吸い込んでいますし。このお酒の描写がまたいいですよね。液体なのに、トゥルンとしていて指で摘まめそうな感じ。『ドラゴンクエスト』に出てくる鳥山明さんデザインのスライムを彷彿《ほうふつ》させます。

10

上

ぼう主《ず》 天下はれて 女郎を 買《か》ひ

下

俗《ぞく》は かゑつて 陰《かげ》馬《ま》を 買《か》ふ

(坊主) 医《い》しやに ばける など、はむかしの ことさ やぼらしい

中／上左

(女郎) ヲヤ〱 大きな さかづきでさ どうでも／だるま 大酒のおしうしほど ありんす

中村　ここは、吉原に通じる唯一の出入り口・大門と、客が小さな通用口を出て帰るところが描かれています。本来なら吉原の大門付近には、京都島原（公許の花街）の出口の柳にならった柳が植えられているのですが、ここでは松になっています。ここに描かれている未来には、あまりひねりがないですね。

山脇　客が吉原に後ろ髪ひかれる思いで振り返ったから、「見返り柳」と呼ばれているやつですね。たしかに、柳を松に変えただけではネタとして弱い。そろそろアイデアがなくなってきたのかな？

中村　でも、この後が面白いんですよ。「倹約にて　てう《提》ちん《灯》を　松明《たいまつ》にする」。これ、提灯というのはやたらと油を使って勿体《もったい》ないからと、松明を持っているんですね。

山脇　省エネみたいなことかな。それはいいとして、左の男、松明の炎の先に木桶があるのによそ見しないで〜。

中村　「しん《芯》をへしおり《折》や」というのは、ろうそくは先を削って芯を出すと炎が大きくなりますよね。その要領で、暗いから松明を「へし折ればいい」と言っているんです。

山脇　あはは。その松明に札がかかっていますね。これは何でしょう？

中村　いいところに目をつけましたね。この札に書かれている「堀」は、山谷堀《さんやぼり》のこと。つまり、松明を持っているのが山谷堀の船宿の人で、右側が客です。山谷は、日本橋から船に乗って、隅田川をのぼっていった所にあって、ちょうど吉原で遊んだ人が船を乗り降りする船宿があった場所なんです。

山脇　そうなんですね。山谷と聞くと、まずボクシング漫画の名作『あしたのジョー』が思い浮かびます。山谷の入口にある泪橋《なみだばし》の下に、ジョーがプロボクサーの道を歩み始めた丹下段平のジムがあったんですよ。

中村　今は暗渠《あんきょ》化されていますが、「泪橋」の名は交差点として残っていますよね。絵に戻ると、用水桶が積んである上に「五町分」と書かれた旗があります。本当はこういう旗はなかったそうなんですが、吉原の中には町（通り）が５つあったので「五町」なんです。

山脇　５つも！

中村　２６６×３５５ｍの敷地に、連日、数千人の遊客が訪れたそうですからね。幕末ごろの吉原には、３０００人を超える遊女がいたそうです。

山脇　おぉ。本当に特別な場所だったんですね、吉原は。

11

上

大門に 出口の 松をうへる

中／下左

倹約《けんやく》にて てうちんを／松明《たいまつ》にする

下右

（客）だいぶくらいしんを へし

おりや

中村　「盆と正月がいっぺんに来た」というおめでたい様子を表す慣用句がありますが、それを絵にした場面です。

山脇　本当だ。女の人が羽子板を持っていてお正月ムードですが、部屋の奥には茄子の牛に胡瓜の馬といったお盆飾りが置いてありますね。

中村　右の烏帽子《えぼし》をかぶった男性は、「万歳《まんざい》」の太夫《たゆう》ですね。お正月になると太夫と才蔵《さいぞう》が二人一組になった「万歳」が江戸にやってきて、祝い歌を歌って皆からお金をもらったそうです。

山脇　今の漫才のルーツなんですかね。新春を祝う人のはずなのに、なぜか袈裟を着ているのは、春町お得意のあべこべの要素を組み合わせているからでしょうか。手には鼓のようなものを持っています。

中村　これで、〝はぁ～ポンポンッ〟なんてやる訳ですね。ちなみに「三河より とき万歳いづる」とあります。実は三河、つまり今の愛知が「万歳」のルーツだと言われているんです。

山脇　そこは、上方じゃないんですね。

中村　太夫が「とく《徳》わか《若》にごなむざいとはお家もさか《栄》へてましにます」と言っているのは、万歳が個々のお宅を訪問した時に言う決まり文句みたいなもののもじりです。例えば、「ごなむざい」は、御万歳というめでたい言葉と南無という念仏のもじりだったりします。

山脇　実生活では絶対に使えない言葉ですね。

中村　右側に立てかけてある棒には、「年始書出帳」とあります。昭和の頃まで残っていた慣習だと思うのですが、正月に偉い人のところにご挨拶に行き、主人が不在だと、「ご挨拶に来ましたよ」という意味で、名前を書いた紙をこの棒に刺して帰ったんです。これが名刺の始まりです。

山脇　本当だ。何枚も小さな紙が刺してあります。だから名刺には「刺」の字を使うのですね。なぜ「刺す」なんて物騒な字を？　と思っていたんです。

中村　左の人は「宝せんこう売り」とあります。これは、正月の〝宝船売り〟とお盆に使う〝線香売り〟を合体させた造語ですね。

山脇　おめでたいんだか、そうでないんだか。そういえば、お正月にめちゃくちゃ歩いて七福神を巡り、宝船をゲットしたことがあります。江戸の頃は、そういった季節ものは売りに来てくれたものなんですね。物売りの声で季節を知るなんて、風情があっていいですよね。

13

12

右頁上

ぼんと 正月 一度《ど》に 来《き》て 三河《みかわ》より とき 万歳《まんざい》 いづる

(右の看板) 【萬御仕立物所 ま津屋】

右頁下

(太夫) とくわかに ごなむ ざいとは お家も さかへて ましに ます

左頁下左

宝《たから》せんこう うり いづる

左頁下右

(宝せんこう売り) しんはんかわり ました おしゆかう
く

中村　これは、「俄《にわか》」という吉原の行事がベースになっている絵です。１年に２回ぐらい行われるイベントで、遊女や吉原で働いている人が、客に即興のお芝居や芸をみせるというものです。

山脇　〝急に〟とか〝突然〟の意味で〝にわかファン〟とか言いますけど、この「にわか」と同じ語源だったりするんでしょうか。

中村　その通りです。ところで吉原には、花見の季節になると、本物の桜の木を吉原のメインストリートに植樹して、花見をする一大イベントがあったんですね。

山脇　贅沢ですね。花見に懸ける意気込みが窺えます。その期間は、遊客も見物客も増えたことでしょうね。

中村　しかしここでは、桜ではなく松が植えられていますよ。さらに秋の味覚、松茸を狩るようになるとあります。

山脇　花より団子ってことですね。狩るといっても、松茸を移植する訳にはいかないからか、左の黒子がそっと客に渡しています。その時の無表情っぷりがいいなあ。〝バカバカしいけど、今はこの役に徹します〟って感じで。

中村　右上に「女郎の方より 客を見た《立》てる」とありますが、本来なら、客が遊女を選びますが、そこも未来では逆になっているようです。「なみぢ」という名の禿《かむろ》に、あの客をうちの店に呼んでくれと言っています。左の提灯を持っている人は遣《や》り手（遊廓で遊女の教育や客との応対などを切り回す女性）じゃないかなあ。この提灯も吉原特有のデザインで、屋号の紋が入っています。

山脇　お客さん、松茸を渡されて嬉しそうです。ところで松茸って、江戸の頃も今みたいに有難がられていたんですかね？　昔、松茸は今ほど高価じゃなくて、別の茸の方が珍重されていたようだと聞いたことがあります。

中村　はい。今ほど有難がられてはいなかったようですよ。さて、このページは茸《きのこ》尽くし。「君をまづたけ」は「松茸」と「待つだけ」が掛かっていて、「もめるは木の子 なが《長》い夜すがら ねづみたけ」では、気持ちがもめるのは「気残り」だというのと「きのこ」を、あなたを「寝ず」に待っていますよというのと「ねづみたけ」（ほうきだけ）が掛かっています。

山脇　言葉を何でも掛けちゃう江戸の人に、駄洒落を言いがちな現代人。すぐ言葉遊びしてしまうのは、日本人の性《さが》なのかもしれないですね。

14

15

右頁上

女郎の方より客を 見たてる

右頁下

なみぢや あの きやくしゆを あげて くりや

左頁上

俄《にわか》をやめて 茸《たけ》がりを はじむ

左頁下

君をまづたけ もめるは木の子 ながい夜 すがら ねづみ
たけ

山脇　ここは文字が少なくて読みやすそう。1行目からはっきりと、「江戸ぶし《節》も」と書いてありますね。

中村　「江戸節」というのは当時、流行った河東節《かとうぶし》のこと。座敷で唄われる唄浄瑠璃の一種です。未来人はお高くとまって、というか流行が変わりに変わって、「神楽」や「さいばら《催馬楽》（奈良時代の民謡のこと）」のような昔の唄が流行りましたよということなんでしょうね。右の二人、本来なら三味線を持っているところ、琵琶《びわ》を持っています。気持ち良さそうに唄っている男の前にある灯りは、江戸なら行灯ですが、3本の棒を組んだふるめかしいものですし、床は畳ではなく板敷になっています。

山脇　座布団じゃなくて、円座に座ってますもんね。酒の肴《さかな》も、徳利に詰めてある紙も神事に使うヤツっぽいです。春町が描く未来は、ちょいちょい懐古趣味的なところがありますね。その感覚が江戸時代にあったというのが、令和の世からみるとちょっと不思議で面白いです。江戸のルネッサンスだ。

中村　「ひうとく《表徳》」というのは、客が吉原で遊ぶ時の通り名みたいなものです。「屋根のはそんあまもり《破損雨漏》」「さるだ《猿田》彦」というのも古い名前ですね。

山脇　俺の通り名は、〝屋根が破損した雨漏り〟にしよう！　なんてふざけた名前を考えるのも、吉原遊びの一つだったんでしょうね。

中村　でしょうね。「しょじ《諸事》」は何ごとも、の意味ですね。何でも万葉の時代のようにした、と。

山脇　唄い手は気持ち良さそうですが、客はみな眠そうです。新造《しんぞう》の隣にいる男は、完全に寝ちゃって背中しか見えませんね。

中村　遊女が、「御ほうじ《法事》にありよふでありんす」と言っていますから、唄がお葬式の時のお経のように聞こえたのでしょう。「いよ〳〵ねむ《眠》いこと」と言ってつっぷした客を、新造《しんぞう》が横から覗き込んでいます。禿は7歳から14歳までの童女で、遊女について下働きをしながら多くを学びます。13歳から14歳で新造にあがり、遊女見習いとなるのですが、育ち盛りだからか、洒落本では新造は一日中寝ているキャラクターとして扱われることが多いんですよ。

山脇　その新造より先に寝てしまうぐらい眠くなる唄ということですね。もう一人の客は、扇子を膝についてなんとか眠るまいと己と戦っています。その表情も絶妙で、笑ってしまいますね。

17　　16

右頁上

江戸ぶしも まだ〱 ひくしと 高く とまつて 神楽《かぐら》
さいばらを うたう

左頁上

しよじ 万葉の時代を したい 屋根のはそん あまもり
あるひは さるだ彦と ひうとくをつく

左頁下右

（女郎）なんだか 御ほうじに ありよふで ありんす

左頁中

（客）いよ〱 ねむい こと

山脇　あら、剣を振りかぶった勇ましい女性がいますね。

中村　「遊芸」とは、三味線やお琴といった遊女の芸のこと。それらをことごとくやり尽くして、未来は武芸だろうとなった。そこで、剣や長刀《なぎなた》を持っているんです。

山脇　床の間に日本刀が飾ってあるところに、本気度の高さが窺えますね。

中村　床の間の端に立てかけてあるのはお琴ですね。今は武芸に夢中だから、しまわれちゃったみたいです。

山脇　相変わらず、春町は細かいなぁ。そういう風に、実際の場面には描かれていないけれど、小道具などにキャラクターのパーソナリティーがにじむ描写って好きなんですよね。

中村　遊女が禿に、「しけみやそれをしまつたらかさね《重》だんす《箪笥》の引だ《出》しの竹ぐそく《具足》をだ《出》してきや」と言っています。「しけみ」は禿の名前で、「竹ぐそく《具足》」は、戦の時につける具足のこと。竹製なので、実戦ではなく練習用ということでしょう。

山脇　お酒を飲む場所でもありますから、困った遊客もいたでしょうね。そう考えると、自衛の策を講じるという意味でこのページは結構、理にかなっていますよね。

中村　「遣り手　後生こゞろ出　しんぞう《新造》夜ねむ《眠》ることなし」とあります。当時、遣り手といえば、冷酷で怖いイメージをもたれていましたが、遠い未来になると人情味溢れるキャラクターになり、一日中寝ているイメージの新造は、夜眠ることがなくなったみたいです。右側に居る長刀を持ったのが、遣り手ですね。

山脇　困り眉で唇を噛みしめている。苦しそうであり、切なげでもある。いい表情です。

中村　遣手は左手に数珠を握りしめて、「あみだふ〳〵ア、あの子もくたびれよふ」と言っています。これは、あの子たちも武芸の稽古なんてくたびれるだろうから、早く終わりにしてあげればいいのにということで、南無阿弥陀仏を唱えているんですね。

山脇　遣り手、優しい……。それにしても、着物の袖や裾の躍動感の描き方が斬新というか、ポップですよね。帯の端がまるで波打っているようで、素材の柔らかさまで伝わってきます。春町も、「この描き方、発見したぞ！　喜！」みたいな感じだったのかもしれないですね。

19

18

右頁上

遊芸《ゆふげい》 ことごとくかぎりちらして 武《ぶ》げいと なる

右頁中／左頁中

（女郎） しけみや それを しまつたら かさねだん すの
引だし の竹ぐそく をだして／きや

左頁上

遣《や》り手 後生《ごせう》 こゞろ出 しんぞう 夜《よる》ねむる ことなし

右頁下

（遣り手） あみだふ〱 ア、あの子もくたびれ
よふ

山脇　あはは。これも楽しい！　春町のほほんとした作風と擬人化された3人がめちゃくちゃ合っています。

中村　〝猫も杓子《しゃくし》も〟という慣用句がありますが、そのまま猫と杓子を芸者にしていますね。

山脇　そこからきてたのか。うしろの石臼も芸者ですか？

中村　文中には無いですが、これは芸者の道具を持つ付き人です。大抵は男性で、細長い箱の中には三味線が仕舞われています。

山脇　杓子は澄ましていて、猫は何やら言いたげですね。

中村　猫は、「しやくし《杓子》さんは　一っほん《本》足で　さぞ　ちよつ〳〵ころ《転》びなさろうの」と言っています。ここでの「転ぶ」には、客をとって寝るという裏の意味があって、「あなたはすぐに男性からお金をもらって寝ちゃうからね〜」と嫌味を言っているんです。それに対して杓子は「わる《悪》じやれ《洒落》」（悪い冗談）を言わないでくださいよと返しています。

山脇　猫が同僚をからかっているんですね。杓子の心情は、もう、そんな訳ないじゃない！　といったところでしょうか。猫の下世話な笑い方も、杓子の少し不満げな表情もいいですねぇ。

中村　ここには、「陰馬のきり《切》見世できる」とあります。「陰馬」（陰間）は、先ほども登場しましたが、男色を売りにする少年のことで、「きり《切》見世」は、階級の低い遊女屋のことです。本来なら、陰馬がいることをおおっぴらに謳うお店はないんですけど、遠い未来は、陰馬の切見世《きりみせ》ができるようですね。そして、年を重ねて髪が薄くなった陰馬を「はげ馬とよぶ」とあります。この絵だと、中に入っていきなさいとばかりに、お坊さんの袖を引いているのが「はげ馬」です。

山脇　「はげ馬」って！　頭が薄いことをいじる文化って、この頃からあったんですね。

中村　けしからんですねぇ。このお坊さんが、「こうほういく《行》とこがある」と言っているのは、ほうぼう行くところがあるというのと、弘法大師《こうぼうだいし》を掛けているのでしょう。

山脇　陰馬のニコニコした表情を見ていると、実はこのお坊さん、顔馴染みの常連なのかなという気がしてきました。それはそれで平和ですね。ところで、これまでもちょいちょい木桶が出てきましたが、ここにも。

中村　特にこの絵の木桶は、大きく「水」と描かれて目立ちますよね。これは防火用水として雨水を貯めていたんですよ。火事の多かった江戸ならではの知恵ですね。

20

猫《ねこ》も しやくしも げいしや となる
（猫）しやくしさんは 一っほん足で さぞちよつ〳〵と
ころび なさろうの
（杓子）わるじやれを いひな はるな

21

上 陰馬《かげま》の きり見世 できるとしの よつたをはげ馬と よぶ

下 （陰馬）コレ よつて いきな はれ
（坊主）よつても 大事な けれども まだこうほう いく
とこがある

中村　「地震そら《空》でゆ《揺》つて　雷地の底でなる《鳴》」とあります。これは、遠い未来になると天地も逆になって、地震で空が揺れて、雷が地の底で鳴るよ、という場面です。「ばら桑歳まんらく」というのは、落雷や災厄をよける時に唱える「くわばら、くわばら」という呪文と、地震の時に唱える「万歳楽《まんざいらく》」という呪文の語順を入れ替えたもの。天地が逆になって、唱える呪文も逆さになったよ、ということですね。これは完全にナンセンス。

山脇　「くわばら、くわばら」って落雷除けの呪文だったんですね。映画かドラマでご高齢の方が発するのを聞いたことはありましたが、「やれやれ」ぐらいの意味かと思っていました。

中村　平安京に雷の被害が多かった頃、桑原町だけ被害に遭わなかったとか、雷は桑の木が嫌いだからなど諸説あるみたいです。

山脇　ちょっと今、スマホの地図アプリで桑原町がどの辺りか見てみます。へー、桑原町って京都御所の近くなんですね。雨の日にでも歩いてみようかな。左のレコードみたいな柄の着物を着たお父さん、何とも言えない表情をしています。春町は困り顔を描くのが上手いなあ。

中村　この人が覗き込んでいるのは、江戸期の町中にあった典型的な水道井戸。傍に桶が二つ置かれていることから、水を汲みに来たんでしょうね。ところが、井戸の底から稲光があがってきたものですから、男が「そこらへお上がりなされねばよいが」と言っています。これは、雷が落ちないといいけれどの逆で、雷があがってこなければいいけれど、という意味。

山脇　そんな井戸があったら見てみたいです。右の橋の周りには雲が立ち込めて、鳥が飛んでいますね。

中村　その鳥は、織姫と彦星が天の川を渡る時、橋渡し役をしたというカササギです。「七夕のはふ《這》せは　しばしよどむとも　ゆ《揺》られてつらき　ちぎり《契》なりけり」という歌は、地震でかささぎの橋が揺れて、「はうせ」は、七夕の〝逢《おう》瀬《せ》〟と掛けています。揺れて、つらい契りになったことだと言っていますね。

山脇　この橋、欄干も何も無いですから、這って向かったとしても、揺れたら相当怖いでしょうね。一年に一度しか会えないというのに、なかなか過ぎる試練ですね。

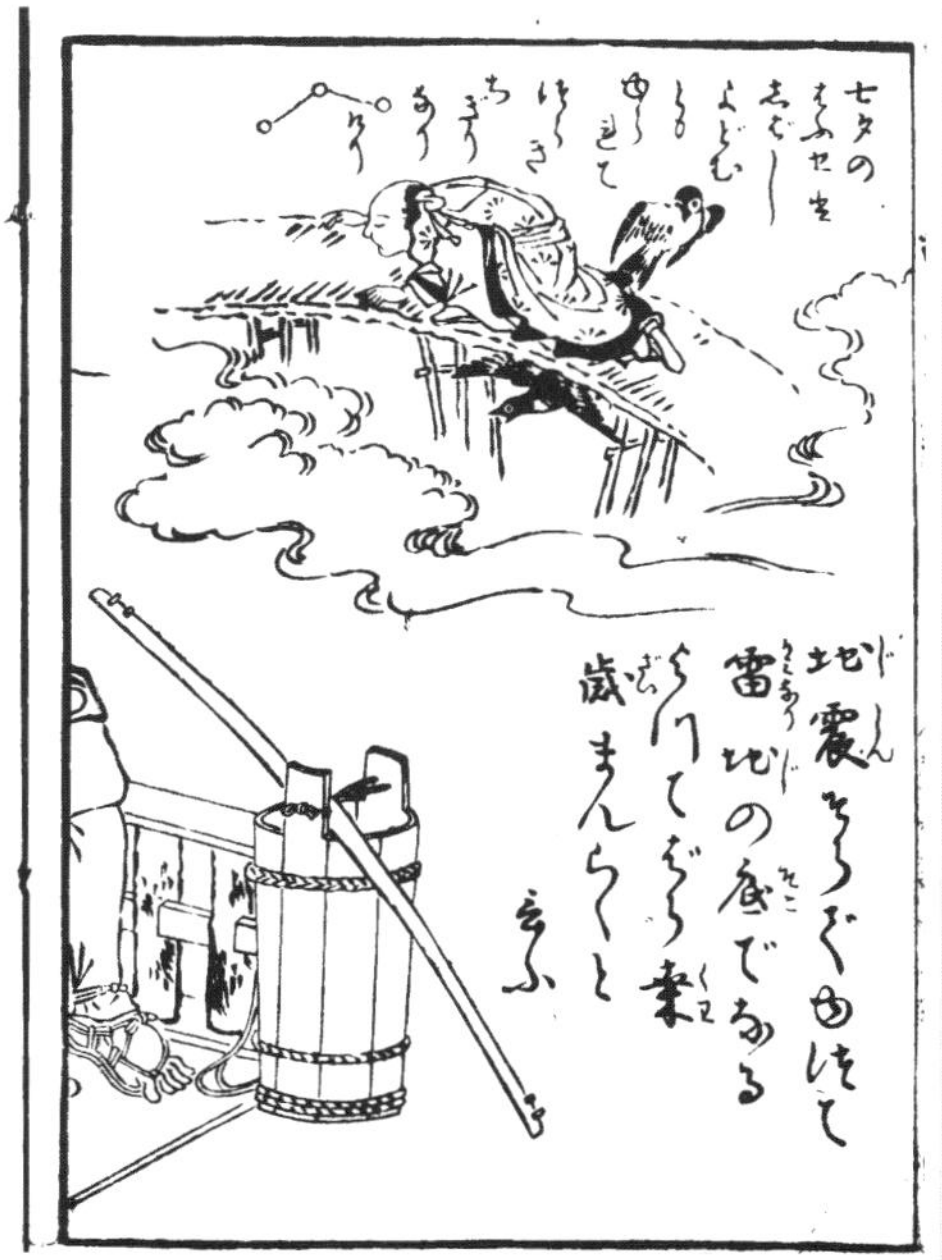

22

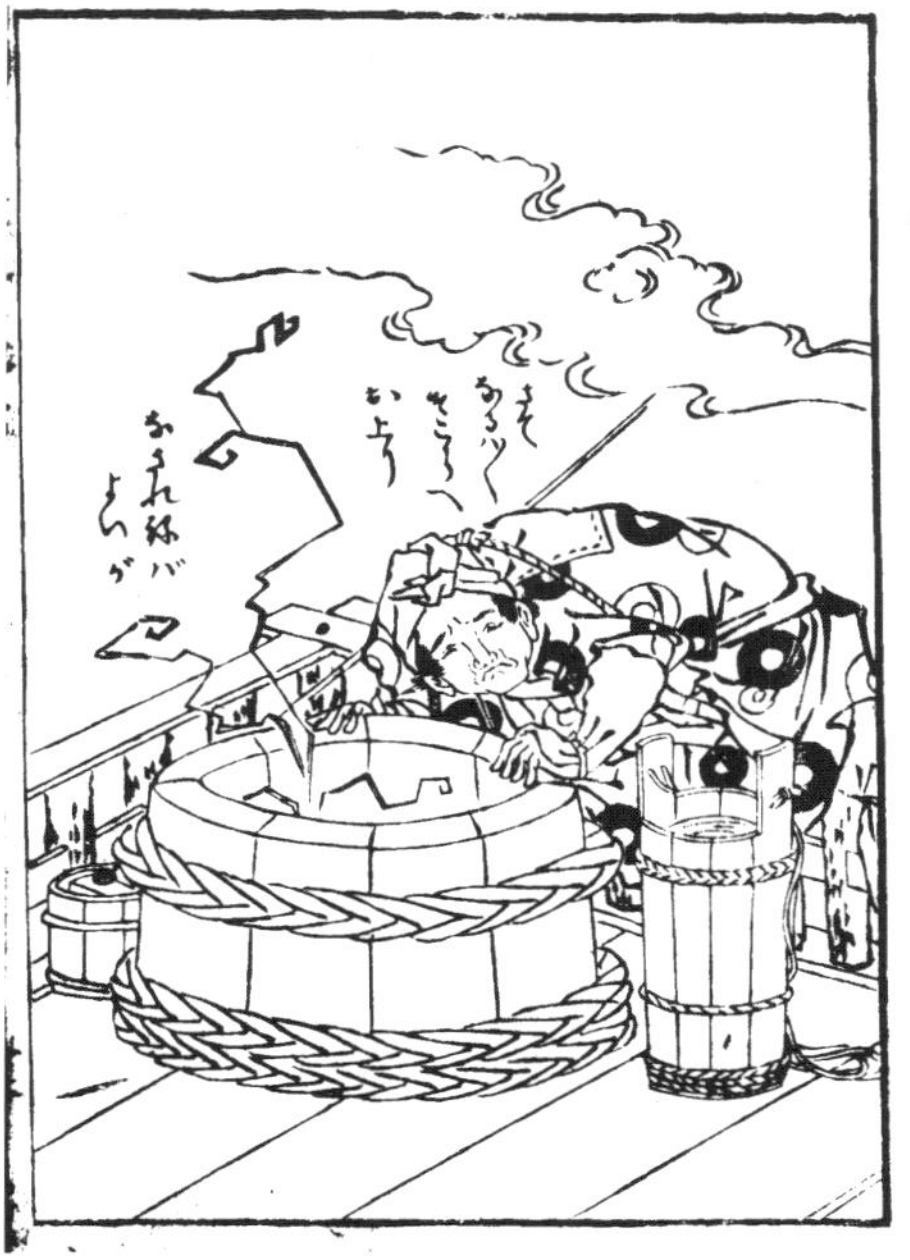

23

右頁下

地震《じしん》そらでゆつて 雷地《かみなりじ》の底でなる よつてばら桑《くわ》 歳《ざい》まんらくと 云ふ

右頁上

（男）七夕の はふせは しばし よどむ とも ゆら れて つらき ちぎり なり けり

左頁

（男）さて なるは〳〵そこらへ お上り なされねば よいが

中村　ここでの主役は、簾《すだれ》から顔を覗かせている道楽息子ならぬ「どうらくむすめ」。男女逆転ものです。

山脇　この簾は、松茸狩りのページにも描かれていましたね。ということは、これも吉原のメインストリート・仲之町のお話かな。

中村　その通り。吉原が「悪《あし》はら」になっていますけどね。普通なら、散々遊びまわった道楽息子は、最終的に父親から勘当されてしまいますが、ここでは娘が母親から勘当されています。「新悪はら」とは吉原が日本橋から浅草に移転して「新吉原」と呼ばれたことに倣《なら》っていますね。女郎を男郎と、こちらも男女をひっくり返しています。

山脇　丁髷《ちょんまげ》で花魁《おいらん》道中っていうのもインパクトのあるビジュアルで面白いですね。

中村　この人は男郎のトップのようですよ。「大木屋の鼻大き」は、実在した扇屋の花扇という売れっ子遊女の名をもじっています。ちょっと下ネタですが、「さぞおもひやられやす」とは、鼻の大きい男はあそこも大きいなどと言いますので、「さぞ思いやられるわね～」という。

山脇　直球の下ネタですね。江戸の頃は皆がそれで笑っていたんだろうな。

中村　右の二人は、吉原に遊びにきた客。本来なら男性のはずですが、髪型から女性だと分かりますよね。「地まわ《廻》りく《工》めん《面》わる《悪》くふ《不》まわりとなる」の「地まわり」は、ウィンドーショッピングのように、「いい娘がいるね」なんて言いながら吉原を見て回るだけで、お金を落とさない人のことです。

山脇　お洒落して吉原をブラブラしながら、「あそこにイケメンがいるわね」ってな感じですかね。

中村　男郎の隣にいるのが、「禿《かぶろ》」ではなく「ぶろか」の長松と長吉です。子どもは月代《さかやき》（成人男子が額から頭の中ほどにかけて、髪を剃ったこと）なんて剃らないんですけど、敢えて剃ってるところが面白いわけです。後ろの二人が「やりて婆々ァ」と「もらいて爺々」ですね。

山脇　お酒を運んでいるのも男性ですね。江戸の男女逆転ものというと、よしながふみさんの歴史大河ロマン『大奥』が思い浮かびます。徳川家の代々の将軍や要職にあった人物が、男⇔女に置き換えられていて。

中村　あの漫画は名作ですよね。

25

24

右頁上

どうらく むすめ 悪《あし》はらへ かよひ 母おやの かんどうをうける

右頁下右

（女）アレが大木屋の鼻《はな》 大き かの さぞ おもひ やられやす

右頁下左

地まわりくめん わるく ふまわりと なる

左頁上

新悪《しんあし》はらを ひらいて 男郎《なんろう》をいだす やりて婆々《ばゝ》ア もらいて爺々《じゝぃ》と なりかぶろを ふろかとよぶ

左頁下

ぶろか長松

同しく長吉

中村　通常なら、遊女が客を振るところですけど、ここでは逆で、遊女が振られています。

山脇　全遊客が夢見るシチュエーションですね。

中村　「武さきやく《客》」とは、参勤交代で江戸にやってきたばかりで、吉原での遊び方をよく分かっていない客を、ちょっと馬鹿にした言い方。そんな野暮な客が「大通」になって、「ふら《振》れて《手》こずること三百六十余ヶ日」とありますから、遊女の方は冷たくあしらわれて、ほぼ1年もの間、あの手この手で、この客の心を掴もうとしたということでしょう。

山脇　左の男性、めちゃくちゃ調子に乗った顔をしていますもんね。「ふたゝび《再》世にいづる」というけれど、以前に一度でも世に注目されたことがあるの？　とちょっと引っ掛かるところではあります。この人も格好つけて、ヤニ下がりで煙管をふかしていますね。

中村　偉そうでもありますよね。ちなみに、ここでの「あさぎうら」は、田舎から出てきた武士を馬鹿にした蔑称です。彼らの着物の裏地が浅黄色だったことから、そう呼んだんですね。遊女は、「きゃく《客》にふられて帰一ばい《倍》一のつら《辛》さでありんす」と言っています。「帰一ばい一」は九九の掛け算のこと。要は、「九」＝「苦」が増えて、何倍も苦しいと言っています。

山脇　病む前にスルーしてほしいところです。遊女が座っている布団は3枚重ねになっていますね。確か、上客にはこうするんですよね。

中村　そうですね。別の「黄表紙」では、布団を10枚重ねたなんて描写もありましたよ。

山脇　「笑点」の座布団のようなシステム……。そこまでいくと、ぐらぐらしてサービスなのか罰ゲームなのかわからなくなりそうです（笑）。

中村　客の足元には、煙草盆や料理などの用意があります。だけど、客はぷいと横を向いて、「いかにいやしいつとめのおららだとてもあんまりたぞ」と言っています。これ、本来なら身を売って生きる遊女がよくいうセリフなんです。

山脇　コール＆レスポンスじゃないですけど、「お前がそれを言うんかい！」と、読者がつっこむことを計算して描かれた場面なのかもしれませんね。

27　　26

右頁上

女郎かゑつて きやくにふられ てこずること 三百六十余ヶ日

右頁下

（女郎）きやくにふられて 帰一ばい一の つらさでありんす

右頁左

武《ぶ》さきやく 大通《つう》となり あさぎうら ふたゝび 世にいづる

左頁

（客）国やしきで いかにいやしい つとめの おららだとても あんまりたぞ

山脇　最初の「親父」にわざわざ「やじを」のルビが振られていますね。かつての業界用語みたいです。ザギンでシースー（銀座で寿司）みたいな。

中村　遊びの限りを尽くすのは若者と相場が決まっていますが、未来では親父が道楽を尽くすようになるとあり、三味線を弾く女芸者も、手前の男芸者もかなりご高齢です。

山脇　令和の今、高齢者がますますお元気になっていることを考えると、この未来は少し当たっている気もします。

中村　左手前に居る「若《わかい》もの」とは、吉原で働く従業員のことで、年齢は関係なく、そう呼ばれました。「行儀正しく」とありますから、実際には行儀の良くない人がたくさんいたということでしょう。「台の物　目ろく《録》にてひろう《披露》し」というのは、宴席に出すお料理を記したもの、「紙花《かみばな》」はチップのこと。お金で渡すのは野暮だから、紙で渡すんです。若い者が手を付いている所に「花の通」と書かれた紙の束がありますが、これが「紙花」。誰がどれだけもらったかを付けておく帳面です。「二季の通ひ」は1年に2回、6月と12月に払うツケのこと。本来なら紙花はすぐに清算してもらえるのですが、1年に2回になったよ、と。

山脇　もらう側は、堪ったものじゃない。清算はその日のうちにしてほしいはずですよ。

中村　ところがこの親父客は、「ちよひ〳〵もらつてはためになるまい　ためてやつたら　ちつとはきおい《気負》にならふ」と。「きおい〜」は、励みになるだろう、の意味ですね。「座敷持ち」は、自分の座敷を持っている店で一番上の位の遊女のこと。物が沢山置かれていて、「ふる《古》道具やの見世のごとし」とあります。

山脇　書物や巻物と、包丁や桶などのキッチングッズも同じ棚に置かれていてカオスです。

中村　遊女の隣に「湖月集」と書かれた木箱がありますよね。これは多分、歌人・北村《きたむら》季吟《きぎん》の『湖月抄』ですね。『源氏物語』の注釈書です。遊女は知識階級の人とも交流があったので、一生懸命、勉強したんでしょう。

山脇　さりげなく意味をもったものが置かれていたりして、このページは絵の密度が高いですよね。

中村　スカスカ気味なページと差がありますよね。

山脇　全部を描き込みすぎると読者が疲れるから、緩急をつける意味で全体を構成したのかもしれませんね。見せどころに、爺さん婆さんのお話を持ってくるのも面白い。この細かい皺も全て木版なんですよね。しみじみすごいなあ。

29　28

右頁上

親父《やじを》けつくにどうらくをつくし ぢゞい婆々《ばゝあ》の芸《げひ》しやは
やる 若《わかい》もの行儀《ぎようぎ》 正《たゞ》しく台《たい》の物 目《もく》ろくにて ひろうし紙
花二季《き》の 通《かよ》ひと なる

右頁下

（客）ちよひ〱もらつては ためになるまい ためてや
つたらちつとは きおいに ならふ

【湖月集】

左頁下右

（若い者）だいのものも ごらうじたば かりで 御 しう
ぎを おはづみ なさるは きつひ おむだと 目 六にい
たしました下され ますは お心もち しだいさ

左頁上

座敷 持の 床乃間 湯どの 雪ちん のない ばかり ふる
道具や の見世の ごとし

中村　最後の場面は、前ページの続きになっています。親父が道楽にふけっている一方で「むす《息》子けつ《決》して夜ある《歩》きをせず」とあります。さらに、仏壇をキレイにして、朝もきちんと起きて、お茶を飲み、いつも穏やかである、と。

山脇　息子の右肩辺り、猫がこたつの上で丸くなっています。すっかり老成した雰囲気だなぁ。でも、令和の若い子はあまりお酒も飲まないし、丁寧な暮らしをしていたりするので、結構こんな感じかも。

中村　「ちや《茶》によわ《酔》ぬ御用心をと 見徳太子つゝ《謹》しんで白《まふす》穴賢《あなかしこ》」とあります。茶に酔わぬとは、先述の息子が朝飲むお茶と作者の茶化しを掛けていますね。

山脇　ここにきて、序文に登場した見徳太子がちょろりと顔を出すのが面白いですね。

中村　右下は息子の言葉ですね。「ナンチャ子曰くじゆ《儒》がく《学》のみでもまよ《迷》ひやすきは 色の道」は、親父が色の道に迷って、若者が立派な生活をしている。迷いやすきは色の道だなぁと言っています。この作品はここまでです。

山脇　遠い遠い未来を描いているはずが、3年後ぐらいの未来なんじゃない？　とつっこみたくなるようなものだったり、大喜利みたいだったりで面白かったです。無益な『未来記』で〝無益委記《むだいき》〟のはずが、250年近く経った今、未来をある意味で言い当てている部分があったのも面白い。

中村　この作品が世間でウケたからか、春町の友人で戯作者の朋誠堂喜三二《ほうせいどうきさんじ》が、自分が考えた未来記もの『長生見度記《ながいきみたいき》』を書いたり、竹杖為軽《たけつえのすがる》という戯作者も『従夫以来記《それからいらいき》』という黄表紙を書いたりしているんですよ。

山脇　「俺が考えた未来も面白いぜ」みたいな？

中村　ははは。『無題記』をきっかけに、未来を描いた作品が色々出てきましたが、役割をひっくり返したり、大げさにするというアイデア自体もこの作品が大元なんです。貧乏人と金持ちがひっくり返る唐来三和《とうらいさんな》の『莫切自根金生木《きるなのねからかねのなるき》』も面白いですよ。

山脇　そういう意味でも重要な作品なんですね。あと、未来という概念を、江戸の人がどのぐらい意識していたのかが気になりました。これってSFと言えたりするんでしょうか？

中村　SFというジャンル自体は西洋の影響で、日本に入ってきたのは明治になってからです。ただ、江戸時代も未来という考え方自体はあったみたいです。仏教にあの世や輪廻転生という考え方があるから、比較的想像しやすかったのではないでしょうか。

30

上

むす子 けつ して 夜 あるきを
せず
仏いぢりに 朝おき朝ぢやのんで
ござるはおとなしけれども また
ちやによわぬ 御用心をと 見徳
太子つゝしんで白《まふす》 穴賢

下

（息子）ナンヂャ 子曰くじゅが
くの みでも まよひ やすきは 色
の道

其の2

大悲千禄本《だいひのせんろっぽん》

作：芝全交《しばぜんこう》
画：北尾政演《きたおまさのぶ》
天明5年（1785）

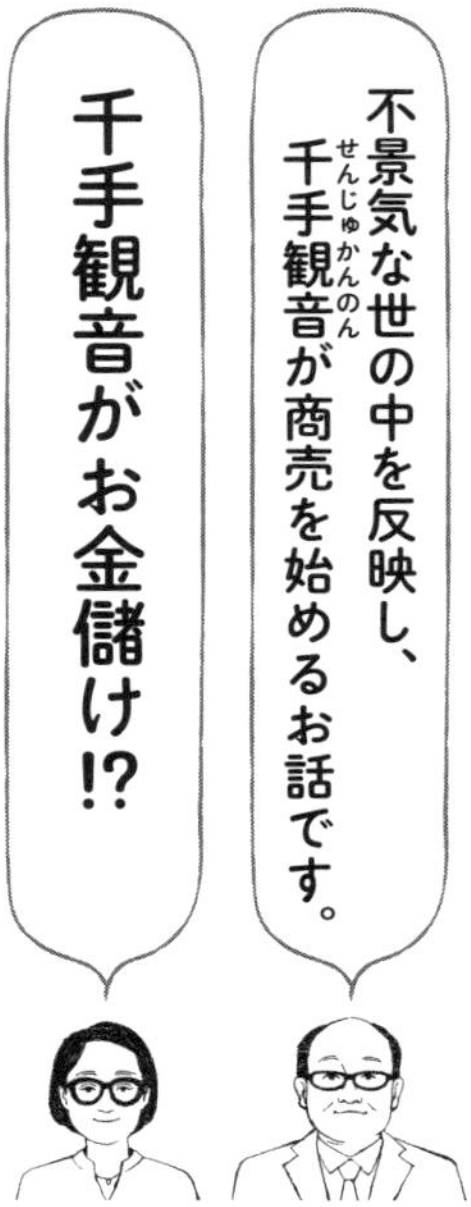

不景気な世の中を反映し、千手観音《せんじゅかんのん》が商売を始めるお話です。
千手観音がお金儲け!?

中村　次に読むのは、不景気な世の中が舞台のお話です。

山脇　今に通じるものがありますね。『無題記』と違って、このお話は、冒頭から絵がありますね。

中村　中央にいるのが千手観音ですが、傍にいる二人の男が何をしているか分かりますか？

山脇　床に手が散らばっていますね。手前の人はノミとトンカチを持っていますが、もしや千手観音の手を切って外しているところでしょうか？

中村　その通り。なぜ、こんなことをしているのかと言うと、世の中が不景気になり、自分にもできる商売はないかなと考えた千手観音が、「たくさん手を持っているんだから、これを貸し出そう」と思い立ったから。それで、番頭たちに手伝ってもらって、手を外しているんです。

山脇　観音様が商売！　でも本人が言い出したんだから、罰当たりってことはないのか。手を切られて痛そう。

中村　痛みについては、「かわ《皮》き《切》り三ほん《本》こた《超》へたら、モウいた《痛》くもなひ」と言っています。「かわきり」は、お灸《きゅう》をすえる時に、最初がもっとも熱く感じられ、皮を切るようであることから生まれた言葉。つまりここでは、痛かったのは最初の3本までと言っています。

山脇　それにしても、千手観音が大切な手を貸し出すとは驚きです。当時もぶっ飛んだ設定と思われていたのか、皆笑って受け入れていたのか……。観音様と人の距離が近いので、ブッダとキリストが登場する『聖《セイント》☆おにいさん』（中村光）を彷彿させます。世紀末を無事に乗り切った二人が、東京の安アパートでルームシェアをする日常系漫画なんですけどね。ちなみに、この千手観音は、実在した観音様がモデルになっていたりするんですか？

中村　そこは、はっきりしたことが分かっていないんです。

山脇　それでは、この番頭たちはどこからきたんでしょう。

中村　それは、次の場面で明らかになりますよ。

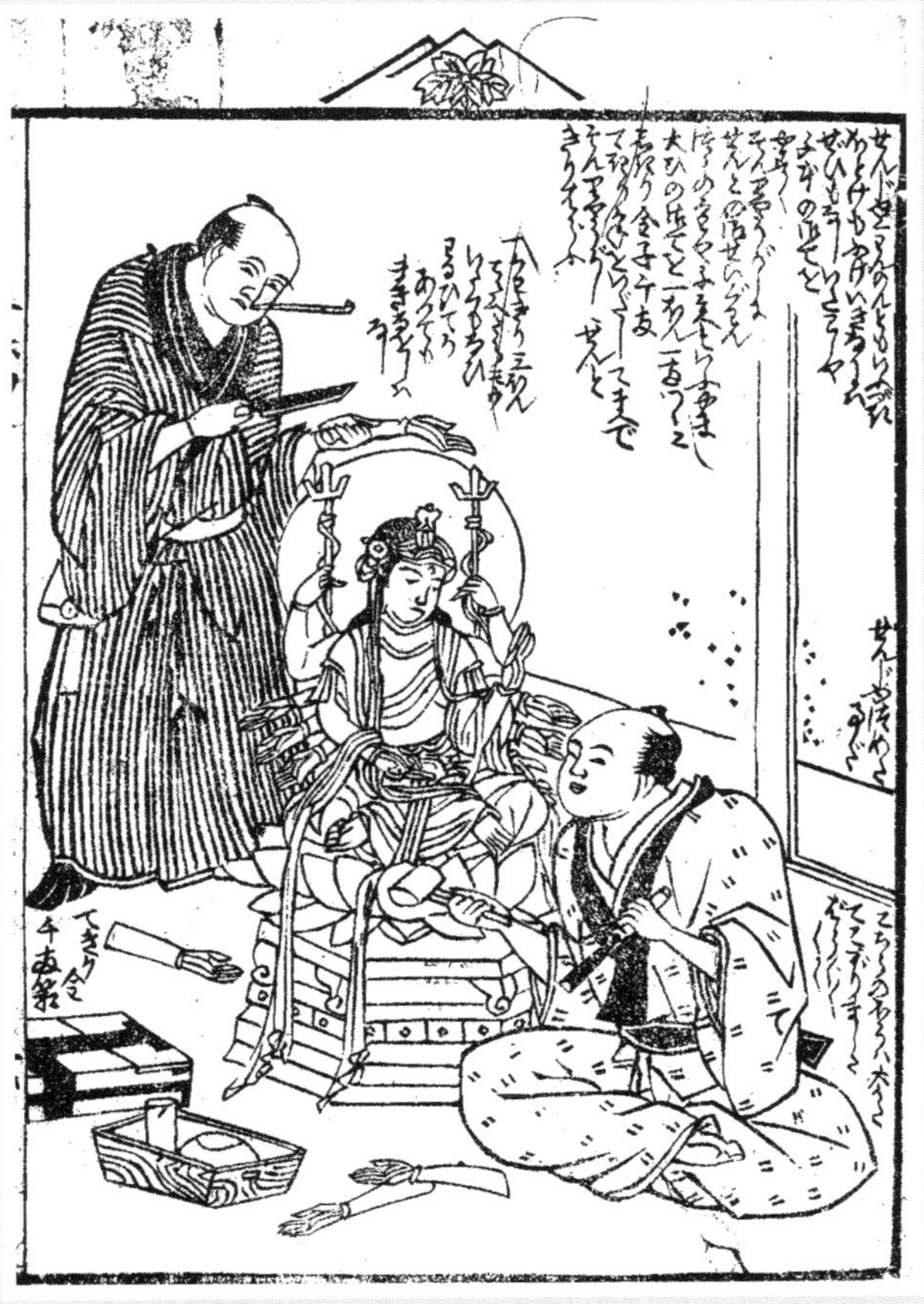

1

上

せんじゆくわんのんともいふべきほとけもふけいきなには ぜひもなしいたわしや 千本の御てを やすくそんりやうがしに せんとの御せいぐわん つらのかわや千兵衛といふやまし 大ひの御てを一ほん一両つゝに しきり金子千両 てきり金をいだしてまへで そんりやうかしにせんと きりはらふ

(観音) かわきり三ほん こたへたらモウ いたくもなひ わるひてか あつても まききなをしは なし

中

(番頭) せんじゆつめた事だ

下

(男) こちらのほうは大かた てこずりましたばら〳〵〳〵〳〵

左

てきり金 千両箱

山脇　お、早速いい感じのお店を構えていますね。右手前の人も奥で帳簿らしきものをつけている人も前の場面にいた人だ。

中村　そうなんです。たぶん、番頭二人は千手観音が商売を始めるにあたって雇ったのでしょう。

山脇　なるほど。右上の看板も面白いですね。「一日一夜」、「一ヶ月」、「一年」単位で料金が決まっていて、手が足りない人に貸し出している訳ですね。

中村　1行目には「鳥渡《ちょっと》かし」とありますから、時間貸しもやっているんでしょう。この看板は、実際の江戸時代の質屋の店先にある看板を模しています。看板には、おにぎりを握らないでねとか、指人形に使ったりしないようにとか、手を貸し出すに当たっての禁止事項があれこれ書かれています。どこかが欠けたり、傷つけたりしたら、お金は返しませんよと。あと、千手観音はしらみの異名だったことから、潰してはならぬとも。

山脇　確かにしらみにもたくさん手はありますが。いや、あれは足か。まぁでも「女房を質にいれても初鰹を買え」と言ったそうですから、質屋はコンビニぐらい身近な存在だったんでしょうね。絵の中央には、たくあんを作る時に軒先に大根を干すのと同じ要領で、手がたくさん吊るされています。これは、手を大根に見立てているんですね。

中村　大根を細く切ることを「千六本」とか「千切り」と言いますが、「千六本」と「千手」を、「大根」と「大悲（仏が市井の人々を救う大きな慈悲）」を掛けて、このタイトルにしたのでしょう。

山脇　店内の混みようを見ると、なかなか繁盛していますね。千手観音はやり手だなあ。角が生えている鬼みたいなのがいたりして、お客さんのメンツも濃いです。

中村　ここに描かれている一人一人に、ちゃんと設定があるんですよ。まず、最前列の奥に座って刀を差しているのは人形芝居で罪人を召し取る捕《と》り手です。人形芝居とは人形浄瑠璃、つまり文楽のこと。文楽の主役は何人かで一つの人形を操るんですけど、それ以外の脇役は、一人で何体かを動かすんですね。脇役の人形は大きな動きをする必要がないので、通常は手がないんです。そんな人形が、俺にも手をくださいよと借りに来ている。

山脇　舞台は質屋とリアルですが、千手観音や文楽の人形といったフィクションがブレンドされているんですね。この人の表情も面白いです。

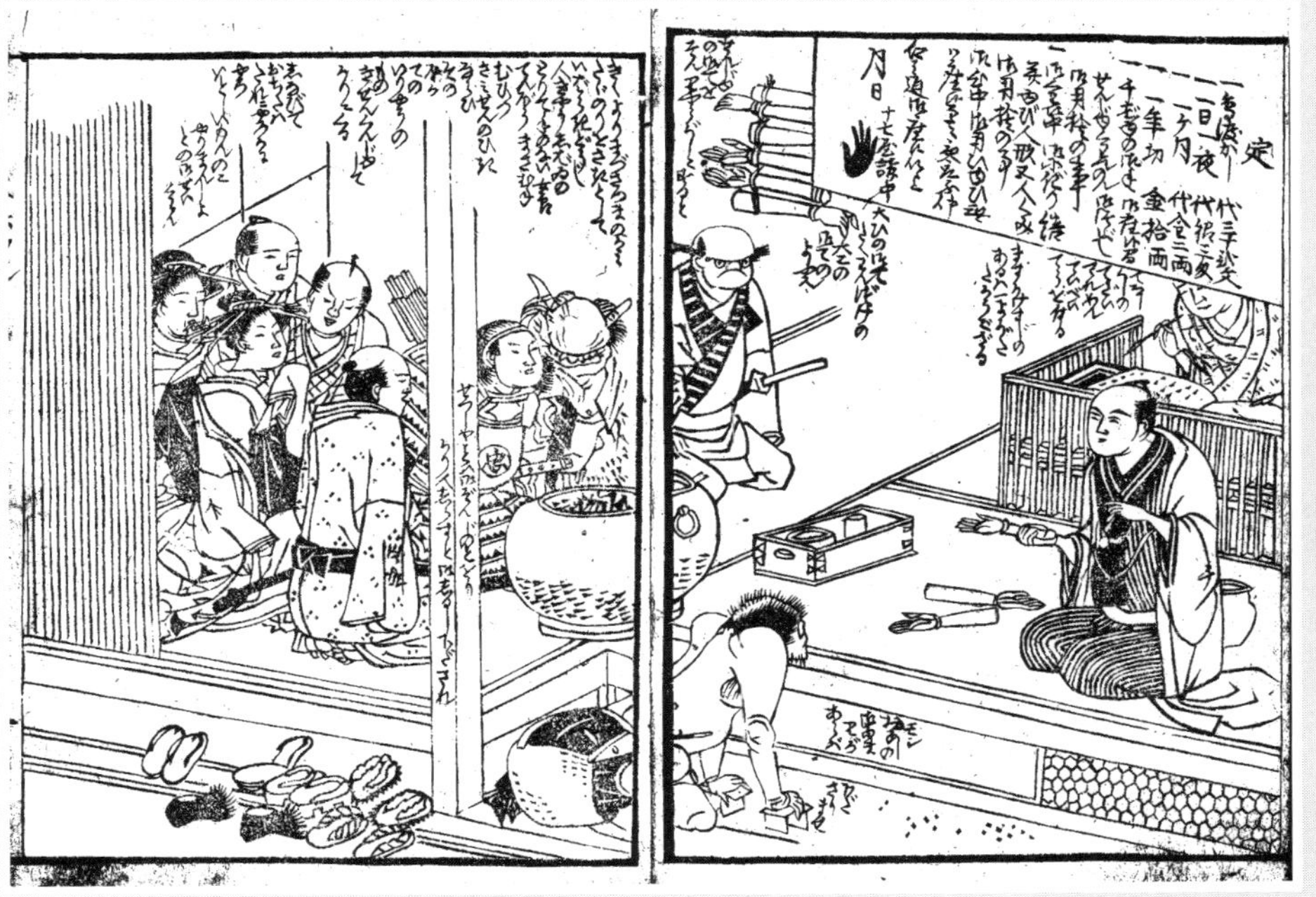

3　　2

看板の左

せんじゆ の御てを そんりやうがしにすると きくより
まづさつまのかみ たゞのりをさきとして いばらきど
うじ 人ぎやうしばゐの とりて手のない女郎 てんぼう
まさむね むひつ さみせんのひき ならひ その ほか て
の いりやうの もの きせんくんじゆして かりにくる

看板の下右

てなし かしの てだひ てれめん ていべい てうを付る

看板の下中

（千兵衛） ますかけすじの あるは一ぶがた たかうござる

看板の下左

大ひの御て たくわんづけの 大根の 御ての よふ也

上左

しなびて おちたは たれにやろかに やろ いとしひもん
のにやりまんしよ との御せい くわん

下

（男） モシ おあしの 御あまりが あらば 下だ さりませ
（忠度） せつしやことは御ぞんじのとをり かり人しら
すと御しるし下だされ

中村　下あごが大きくって、顔立ちも文楽の人形らしく描かれています。その隣の鬼みたいなのは「いばらきどうじ《茨木童子》」です。

山脇　茨木童子とは？

中村　平安時代の説話に出てくる、平安京を夜な夜な襲った鬼です。酒呑童子《しゅてんどうじ》の家来で、渡辺綱《わたなべのつな》という武将と闘って腕を切り落とされるんです。

山脇　なるほど。江戸時代に平安時代の人と、時代も混ざっているんですね。その隣の人はヘアバンドのようなものをしています。甲冑の胸の辺りに「忠」とある。

中村　これは、平家の平忠度《たいらのただのり》ですね。平清盛《たいらのきよもり》の弟で、一ノ谷の戦いで岡部六弥太《おかべろくやた》に右腕を切り落とされた人物。名が「ただのり」だから、舟賃などを踏み倒してしまう男という役柄で、よく黄表紙に出てくるんです。

山脇　無賃乗車の隠語を「薩摩守《さつまのかみ》」と言ったりするのは、忠度の官名が「薩摩守」だったことからきていると聞いたことがあります。その隣の横を向いている人は？

中村　袖口に「正宗」とあり、地の文章には「てんぼうまさむね」とあります。てんぼうは〝手ん棒〟と書き、手や指のない人のことを指した当時の蔑称です。この人は伝説の鍛冶職人で、師匠の技を盗もうとして、腕を切り落とされたんです。

山脇　師匠、むごいことを……。

中村　うしろの男性は「むひつ」とあります。漢字で無筆、すなわち字が書けない人のことで、字が書ける手を貸してよと言ってきているんですね。女性二人は「手のない女郎」と、「さみせんのひきならひ《三味線弾習》」とあります。前者は客を喜ばせるテクニックが、後者は三味線のテクニックがないということ。あとの一人は、「そのほかてのいりやう《手入用》のもの」。

山脇　玄関口で手をついている人は、よく見ると手に下駄を履いて、お尻に茣蓙《ござ》のようなものを敷いています。

中村　この人は脚がないのか、脚が不自由で立てない人です。〝脚の余りがあったら、くださりませ〟と訪ねてきていますね。

山脇　身体的、あるいは技量的に、「手」や「腕」「脚」がない人たちが、これでもかと店先に詰めかけているんですね。ちょっと気になったのですが、江戸の人は、「この人は源平の合戦の時の武将で、腕を切り落とされた人だから、手を借りに来たんだな」とか、元ネタをちゃんと分かっていたのでしょうか？

中村　文人や通人は見てすぐに分かったでしょうけれど、分からないまま読んでいた人も多かったと思います。ただ、人情本など女性が読む恋愛小説なんかは、文字が読める人の所に皆が集まって、一緒に読書を楽しんだという記録がありますから、この作品も分かる人に教えてもらいながら何人かで楽しんだのかもしれません。

山脇　住居の造りも関係ありそうですよね。長屋って、個室がないどころか、お隣さんの会話も筒抜け。そんな環境だから、今みたいに本や動画を一人で楽しむ発想すらなかったんじゃないでしょうか。その分、面白い作品を手に入れたら皆で分かちあうのが当たり前、みたいな。ところで、外の履物の数とお客さんの数が合っていないのが気になります。客8人に対し、履物は6人分しかない。

中村　文楽の人形には足がないということと、茨木童子は鬼だから靴を履かないだろうということだと思います。

山脇　なるほど！　1足裏がえっている履物もありますし、几帳面に立てかけられた履物もあります。描写が細かいので、「これは誰の履物だろう?」と考えるのも楽しいです。

手のレンタルにやってきたのは……？

中村　ここからは、手を借りたお客さん一人一人が、どう活用したかのお話です。

山脇　右側にデンと座っているのが、先ほど登場した茨木童子ですね。左手前に座って居るのは誰でしょう？

中村　これは、与吉という男です。

山脇　誰!?　そして、どういう場面なんでしょうか？

中村　腕を借りてきた茨木童子ですが、俺はもともと毛がモサモサ生えているタイプなのに、借りた腕には全く毛が生えていないから鬼としての威厳がないよ、と。そこで、神田の台に住む与吉という男を呼んできて、毛を生やしてもらおうという場面です。与吉の右横にある紙の上に、毛のようなものと、刷毛と糊が置いてありますよね。与吉は風説上の人物で、女房が無毛症だったことから、愛宕山《あたごやま》に参拝して猪の毛をつけたと伝えられているんです。「し、のけ《毛》はきれものでござるから、しか《鹿》のけ《毛》でつけました」とあります。

山脇　江戸時代のアデ○ンスだ。鹿毛は猪毛に比べて、柔らかい仕上がりになりそうです。

中村　襖から見ているのが、与吉の女房ですよ。

山脇　たしかに毛量豊かだ。だけど、眉毛はないですね。

中村　江戸時代、既婚女性は眉を剃るものだったんです。

山脇　お歯黒もそうですが、なんとも不思議な習慣があったものですね。頭の上にある台詞を読んでみると、「いばらきさんじやき《気》がない〳〵よ」と言っています。

中村　そのセリフは「気がない」、つまり惚れる訳がないということ。「気がない」と「毛がない」を掛けているんですね。

山脇　江戸の人は、油断するとすぐに言葉を掛けて笑わそうとしてきますね。

中村　そうやって随所に笑いを取り入れるのも黄表紙の特徴です。

山脇　あ、茨木童子がキセルの先（雁首《がんくび》）を少しあげていますね。この吸い方、〝ヤニ下がり〟でしたよね。

中村　はい。黄表紙によく出てくる気取った所作ですね。

山脇　ふふ。ヤニが吸口の方に下がるようにしている訳ですね。鬼なのに人間くさく感じます。

4

上

いばらきくわんのんの うでをかりけれども けのないうではもちいられず かんだのだいの よきちをたのみ けをはやしてもらふ

（与吉）このせつしゝの けはきれもので ござるから しかのけで つけましたしゝのけなれば あたごやまし かのけなれば かすがやんまへ 御出なさい

下右

（茨木）あさまやまから ふつたので はないか

下左

（与吉）わたくしがさい などはたゞ いまではむじや〳〵とはへ ました

上左

よきちがにようぼ（与吉の妻）いばらきさんじやきがない〳〵よ

中村　鬼の次は、平忠度です。

山脇　店先のシーンで着用していた鎧《よろい》が、ここでは上座に置かれています。こういう描写があると、自宅に戻って、鎧を脱いだんだなという時間の経過が感じられていいですよね。忠度は、右腕を切り落とされた人物でしたっけ？

中村　はい。そういう訳ですから、右腕を借りたかったのに、うっかり左手を借りてきてしまったという場面です。

山脇　貸す方も借りる方も、よく確認しないから〜。私も昨年、バイク用のバッテリーの型番をよく確認しないままネットで注文してしまい、届いたはいいけれど、「全然違うヤツだ！」となりましたから、人のことは言えませんが。

中村　楽しみにしていた物ほど、がっかりしますよね。

山脇　はい。私は返品交換してもらいましたけど、忠度はどうしたのかな？

中村　忠度は、この後もう一度店に行ったみたいですね。だけど、「もはやか《貸》しきりてな《無》いとのこと」とあります。

山脇　千手というくらいたくさん手があるはずなのに、全部出払っていたんですね。残念でした。お店は商売繁盛で何よりですが。

中村　忠度は歌人としても有名な人だったんですね。そこで、借りてきた観音様の左手で、自分の歌を短冊にしたためてみたら、全て左文字になってしまったようです。

山脇　子どもが無意識に書くヤツですね。

中村　外聞が悪いから詠み人知らずとしておこう、と言ってます。

山脇　筆も沢山揃えていて、こだわりが強そうですもんね。プライドもあるでしょうし、こんな拙い字で書いた歌が、私の詠んだものだと世間に言えやしない、ってところなんでしょうか。

中村　もともと、忠度の歌が『千載和歌集』に詠み人知らずとして載っていて、それが元ネタになっています。平家一門が都落ちした時、忠度は和歌の師匠・藤原俊成《ふじわらのしゅんぜい》のもとを訪ね、もし戦乱が収まって、『千載和歌集』の編纂が始まったら、自分が作った百首の和歌の内からどれかを収録してくれませんかとお願いしたんです。結局、敵方の名は載せられないということで、詠み人知らずとなったんです。

山脇　自分の名は載らなくとも歌だけ載ればいいと。忠度は、本当に和歌を愛した人だったんですね。

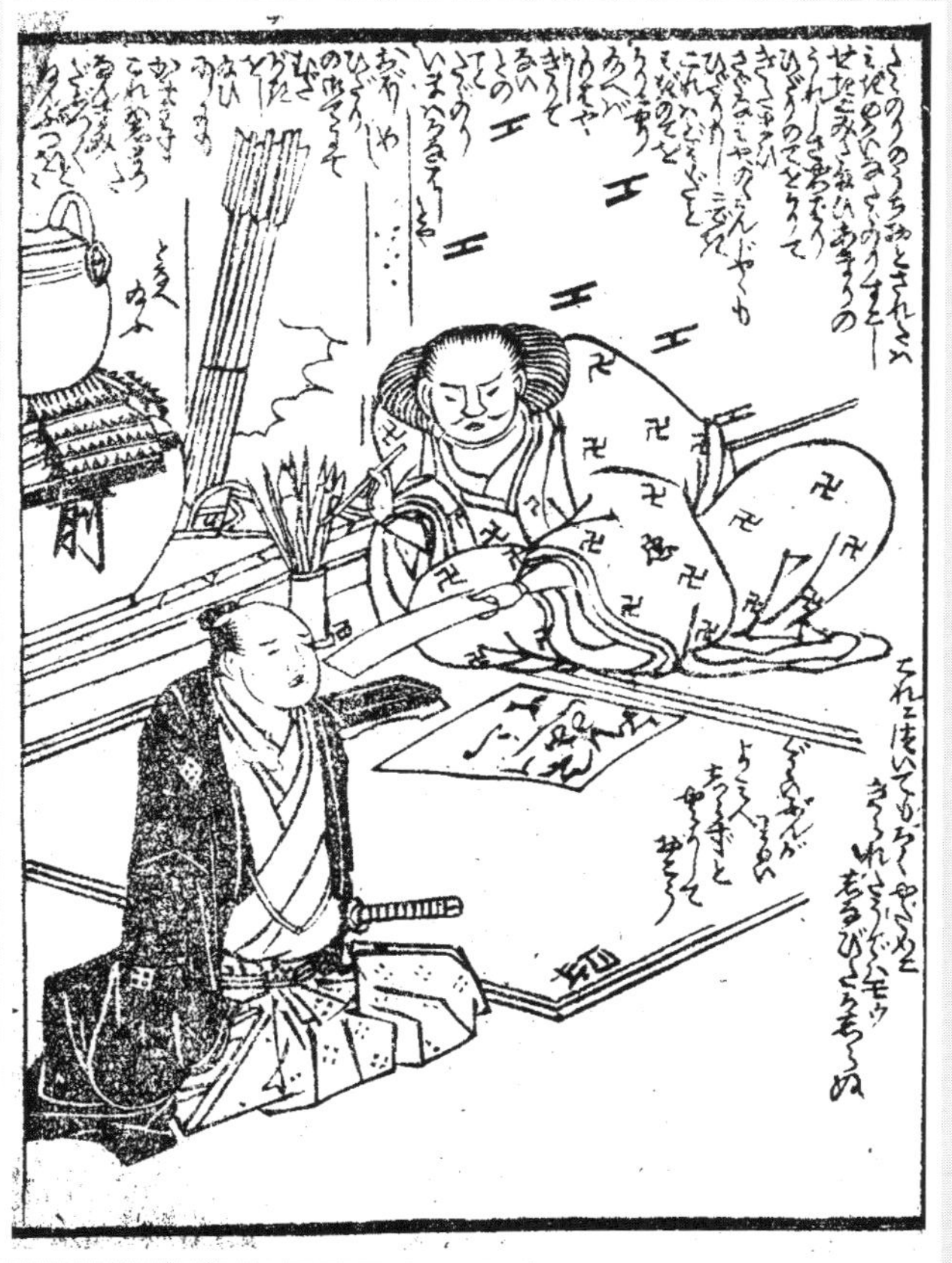

5

上

ただのりのうちおとされたは みぎの
かいなた〻のりすこし せきこみたま
ひあまりの うれしさやつぱり ひだ
りのてをかりて きたまひ さ〻なみ
やのたんじやくも ひだりもしにでき
これはどうだと みぎのてを かりに
やり給へば もはや かし きりてな
いとの こと た〻のり いまはかなは
しとや おぼしめし ひだり の御てに
てむだ がきをし 給ひ にしにもか
まわす これはしまつた なんまみ だ
ぶつ〱と ねんぶつを となへ 給ふ

下左

（忠度） ぐわひぶんが わるい よみ人
しらずと やらかして おこう

下右

（同） これについてもろくやためにき
られたうではモウ しなびたかしらぬ

山脇　これは、ことが終わった後の遊女が、お客さんと居る艶っぽい場面ですかね。

中村　そうです。「手のなひけいせい《傾城》ども」とありますが、「傾城」は遊女の別称ですから。この人は手練手管がなかったようですが、千手の御手にて客をだましたようです。

山脇　そういえば、「君主が美女を愛し、夢中になりすぎると城が傾く」という中国の故事がありましたよね。男の人は肘を突いて満足そうに見えます。左の子どもは禿でしょうか。抱えている手の数が1本や2本じゃないですから、この遊女が、どうしても繋ぎとめておきたいお客さんだったのかもしれない。まあ、罰当たりな話ですが。

中村　遊女が、「このこ《子》はきやく《客》じんのみていさつしやるにき《気》のつかねへはやくもっていきやな」と言い、禿は「それでもとり《取》にき《来》んしたものを」と返しています。お客さんに見つかるから、さっさとその手を向こうに持っておいきと遊女が叱っているのに対し、禿はせっかく取りに来たのに～と言っているんですね。

山脇　遊女と禿の関係性が見える1コマですね。

中村　禿は遊女に付き、遊廓で下働きをしながら色々なことを学びましたから、自ずと関係性が深くなったようです。

山脇　禿の期間を経てから、遊女見習いの新造になるんでしたっけ。

中村　見習いというより、後見付きで客を取り始めた若い遊女といった方がわかりやすいかもしれません。姉貴分の遊女が一人前になった禿を妹分の遊女として披露することを「新造出し」といいました。洒落本などに登場する禿は、大抵、遊女に叱られる役なんですよ。

山脇　遊女はストレスが溜まる仕事だったでしょうから、禿はお世話役とガス抜きの役を兼ねさせられていたのかもしれませんね。

中村　そうかもしれません。さて、客のセリフが一番下にありますね。「おそろしくて《手》のあるひと《人》だ。てのたこ《蛸》のよふだ」。

山脇　「て《手》のある」って、そりゃそうですよね。千手観音の手を何本も使っているんですから。蛸は手がたくさんありますから「蛸の手のよふ《う》」というならわかりますが、「手のたこ」と言っているのは？

中村　あえて逆さまにいう滑稽ですね。

山脇　ほんと、言葉を入れ替えるのが好きですねぇ（笑）。

6

上右

てのなひけひせいども せんじゆの御てにて きやくをだまし たれどもそんりやう かりの御てなれは あいだにとりに くるには たび〳〵てこする

上中

（傾城） このこはきやくじんの みていさつしやるに きのつかねえ はやくもつて いきやな

左

（禿） それでもとりに きんしたものを

上左

（傾城） かふろと いふものは おてがなるなら てうしと さとるもんだきやくじんは おてが ないなら せうしとさとん なんし

下

（客） おそ ろ しくて ての ある ひとたての たこの よふだ

中村　これは無筆の人が、自慢げに手紙や証文をすらすらと書き始めた場面です。

山脇　この人は、手を借りたメリットを享受できているようですね。

中村　ところが、仏の手であるがため、書く字が全て梵字になってしまい、右の人からしたら、何がなんだかよくわからない。変だなぁと言っています。

山脇　ここでも上手くいかなかったか。梵字ってカッコいいですけど、一般的には全く読めないですもんね。

中村　ここにある「しわいやつ」とは、ケチな者という意味。この人は、せっかく借りた手をただ返すのは勿体ないからと、「つめ《爪》へひ《火》をとぼ《灯》し、ろうそく《蠟燭》のかわりにする」とあります。

山脇　なんてことを。手蠟燭の横に「あつい《熱》よふ」とあり、客人が「はてやかましいらうそく《蠟燭》だ」とボヤいているのを見ると、細胞から鉄道まで、なんでも擬人化して楽しんでしまう現代の漫画に通じるものを感じます。

中村　これが「てしよく《手燭》のはじまりなり」ときて、そういうでたらめな説も昔からあるよねと続けています。

山脇　不良少年にスパルタ教育を施す『魁!!男塾』（宮下あきら）という漫画があるのですが、そこに登場する民明《みんめい》書房的なことですかね。

中村　民明書房とはなんでしょうか？

山脇　作中に登場する架空の出版社です。見たこともない武術や決闘方法の解説シーンに、この版元から出版された架空の書物が出てくるんです。ダイヤモンドを一撃で破壊する理論とかが、もっともらしく書かれているのですが、それも全て架空のものという。

中村　そんな感じでしょうか（笑）。

山脇　こういうもっともらしい嘘を楽しむ感覚も、この時代からあったんですね。

中村　そうですね。

山脇　ちなみに、後ろの壁に貼ってある2枚の貼り紙は何でしょう？

中村　右は南部《なんぶ》暦《ごよみ》（南部領鹿角《かづの》郡で作られた絵暦）かな。その横は「書状さし」とあります。お話とは直接関係ない細かい描き込みも面白いんですよね。

山脇　これからバンバン手紙を書くつもりで、手を借りると同時に買ったんですかね。めちゃくちゃ形から入るタイプの人なんですね（笑）。

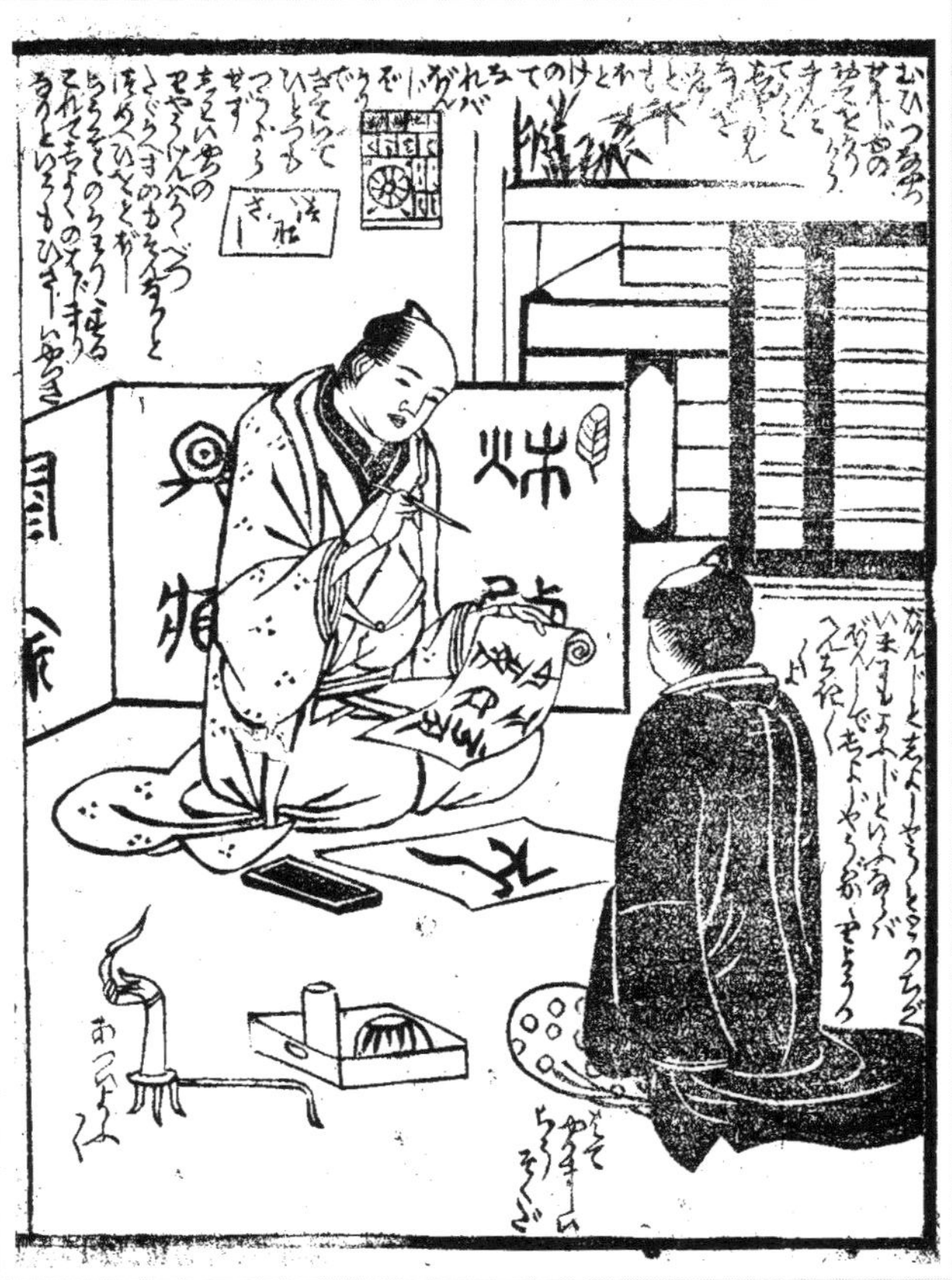

7

上右

むひつなやつ　せんじゆの　おてをか
り　かう　まんに　てがみ　しやうもん
などを　かけ　とも　ほとけ　の　てな
れば　ぼん　じ　ばかり　できていて　ひ
とつも　つうよう　せず　しわいやつの
りやうけんはかくべつ　たゞかへすの
もそんなりと　つめへ　ひをとぼし　ろ
うそくのかわりにする　これてしよく
のはじまり　なりというもひさしいや
つさ

下右

ほんじとしよしやうとりちがへ　いま
にもようじといふならば　ぼんしでし
よじやうがかゝりようか　へんちき〳
〵よ

下左

（手）あついよふ〳〵

下中

（男）はて　やかましい　らうそくだ

中村　このページから、エンディングに向けた展開になっていきます。

山脇　どう締めくくるんだろう？　手前の弓を背負った紳士が鍵を握っていそうですね？

中村　「たむらまる《田村丸》」とありますから、平安時代の武将で、その頃政権の支配下になかった東北地方を次々と制圧し、征夷大将軍となった坂上《さかのうえの》田村麻呂《たむらまろ》ですね。〝麻呂〟には〝丸〟の字がよく当てられていました。

山脇　また、平安の人が出てきましたね。

中村　はい。ちなみに、「せいしう」は勢州、つまり伊勢の国のことで、「すゞかやま」の「すゞか」は、三重県の鈴鹿サーキットがある地です。そこに鬼神が住んでいて、国土の神を悩ませているので、天皇から「鬼退治をせよ」という勅命がくだったと。しかし、人手が足りないので、千手観音に借りに来たという場面です。田村丸は、「一本なん《南》（二朱銀。現在の価値で2〜3万）ぐらひでおか《貸》しなさらぬか」と持ちかけていますね。

山脇　破格の取引条件だからでしょうか。田村丸だけ、番頭ではなく観音様が直接、商談を行っています。

中村　ところが、肝心の腕はみな出払っている。これじゃあ戦に行けなくて困りますよね？　ということで、千手観音が、「と《取》りあつ《集》めておか《貸》し申さふ《そう》」と言っています。

山脇　この商談を逃してなるものか！　と（笑）。この場面の観音様は、冒頭の観音様と随分様子が違うように感じます。対応している場所も店先じゃなく個室のようですし。太客専用のＶＩＰルームだったりして。

中村　ははは。そう見えるのは、手を全部貸してしまい、布を纏っているからですね。ちなみに、左上の額装されている書画は、当時、人気のあった書家の文字を模したものです。

山脇　現代でいうと、人気のイラストレーターの作品を飾るような感じでしょうか？

中村　近い感覚かもしれませんね。

山脇　自分の手を貸す珍商売で潤ったと思ったら、推しの文字を飾るとか、観音様も結構ミーハーなところがあるんですね。

8

上

そのころせいしうすゞかやまにきじんすみてこくどの たみをなやましければ たむらまるにせんしぁりてたひぢせよ とのちよく なれども せんじゆ のおてが なくては ひと さき はなせば せんの やさき といふけうげんが できねは かりにき給ふ

左

（田村丸）一本なん ぐらひで おかしなさらぬか

中

（千手観音）かしだして ては一ほんも ござらぬが とりあつめて おかし申さふ

中村　続いて観音様のお店の舞台裏を見ていきましょう。

山脇　田村丸とのデカい商いを前に、たくさんの手が返却されてきていますね。この取り引きは、絶対に成立させたいでしょうから、番頭たちも気合いが入っています。

中村　戻って来た手を１本１本確認していますね。「たむらまる《田村丸》に　か《貸》してまたまふ《儲》ける」とあります。

山脇　皆さん、なかなかがめついことをおっしゃいますね。

中村　ところが、戻って来た手には、色々と問題があるようです。女郎から返って来た手には小指が無い。これは、遊女が意中の男性の心を惹きつけるために、「私はあなたのことがこんなにも好きなんですよ」という愛の証として、指を切り落として相手に渡したからです。どのぐらいの数の遊女がそうしたかは分かりませんが、落語などにもそんな描写が出てきます。

山脇　そうなんですか？　最初は手紙に情熱をしたためるぐらいだったろうに、小指なんてプレゼントされても、もらう方も困っちゃいますよね。それとも案外喜んで大事にしたのかなぁ。そこまでして想いを寄せる客の心を繋いでおこうとしたのかと思うと、切なくもあります。

中村　喧嘩のあとに返してきたので握りこぶしを握ったままの手だったり、塩屋に貸したのは塩辛くなっていて、紺《こう》屋《や》（染物屋）に貸したのは藍で青くなってしまったと。下女に貸したのは糠味噌《ぬかみそ》臭いし、飴屋に貸したのはねばねばするし、飯炊きに貸したのは水仕事のせいかしもやけになっている。餅つき屋に貸したのはまめだらけ。

山脇　元の状態で返って来た腕が１本もない……。江戸の職人さんたちが、手をせっせと動かして働いていたのは伝わってきますけど、観音様の手なのに皆さん扱いが雑すぎます。令和の世だったら番頭が、「うちの店にこんな迷惑客がやってきた！　カスハラだ！」と、ネットで晒してもおかしくない話ですよ。そんなことは、観音様が許さないでしょうけれど。

9

上右

くわん のん 千兵衛と つうくつしたまひ かしだしたる御てを とりあつめたむらまるに かしてまたまふける

右／中

千兵衛御てをあらためる 女郎にかしたはこゆびがなくなり にきりこふしでかへるはけんくわのてきず しおやへ かしたはしおからくこうやへかしたはあおくなり 下女にかしたはぬかみそくさし あめやのはねば〳〵するめし たきのは／しもやけだらけ つきやにかしたはまめだらけ

下左

（千兵衛）ひと さし ゆびと 中ゆびか へんな にほひ か する こいつはすこ がてんが ゆかぬ わへ

山脇　このお話もいよいよ最終場面となりました。あっという間でしたね。

中村　この場面は、手を背負った田村丸が、まさに鬼神を退治しに行こうとしているところです。

山脇　鬼神との死闘の結果は分からない訳ですね。めちゃくちゃ引きのある展開！

中村　千手観音は、「そんりやう《損料》をつけて千本のて《手》を、九つのかね《鐘》（午前零時頃）をあいづ《合図》にまつ《待》ているよ」と言っています。きっちり時間を区切って、それまでにちゃんと返してねということですね。それに対し、田村丸は言うまでもないと返事をしています。さらには、大望が成就したら、「りやう《両》に八本のそんりやう《損料》をもつ《持》て、て《手》を千本おかへ《返》し申さん」と、多めの損料を持って、きちんと手をお返ししますと言っています。このページの二人の会話は、歌舞伎の掛け合いっぽくなっています。

山脇　ところで、この場面の6行目の冒頭に「田」とあって、その隣に「〽」という記号がありますが、これは何でしょうか？

中村　これは「庵点《いおりてん》」といって、謡などが始まるところに置かれる約物（しるし）の一つです。「合点《がてん》」とも言います。

山脇　なるほど。エンディングに向かって、盛り上げている訳ですね。最後の方、「てててて……」と書かれています。千手観音の「手」と打ち出し（歌舞伎などで終演を告げる太鼓）のテテテテテって音を掛けているのでしょうか。寄席でいう追い出し太鼓のような。

中村　そうでしょうね。右下に芝全交戯作、まさのぶ画とクレジットがあります。まさのぶとは、北尾政演《きたおまさのぶ》のことで、山東京伝が浮世絵を描く際の画号です。ちなみに京伝は、深川の質屋の息子として生まれ、銀座で暮らした生粋の江戸町人だったんですよ。話を元に戻すと、千手観音のセリフで、「ハテ此《この》て《手》のじ《字》がめのじ《字》だとやくし《薬師》との《殿》へしんぜ《進》たい」とあります。薬師如来に、「目」の字を書いた絵馬を奉納したことからきているのでしょう。

山脇　千手観音が薬師如来に？　そこも友人関係だったりするのかなあ。先の『無題記』もそうですが、最後の最後まで、余すところなくページを遊び尽くそうとする作者の気概を感じます。この作品、声に出して皆で読むとしたら、最後の「ててて」で声を合わせたりして、めちゃくちゃ盛り上がりそうですね（笑）。

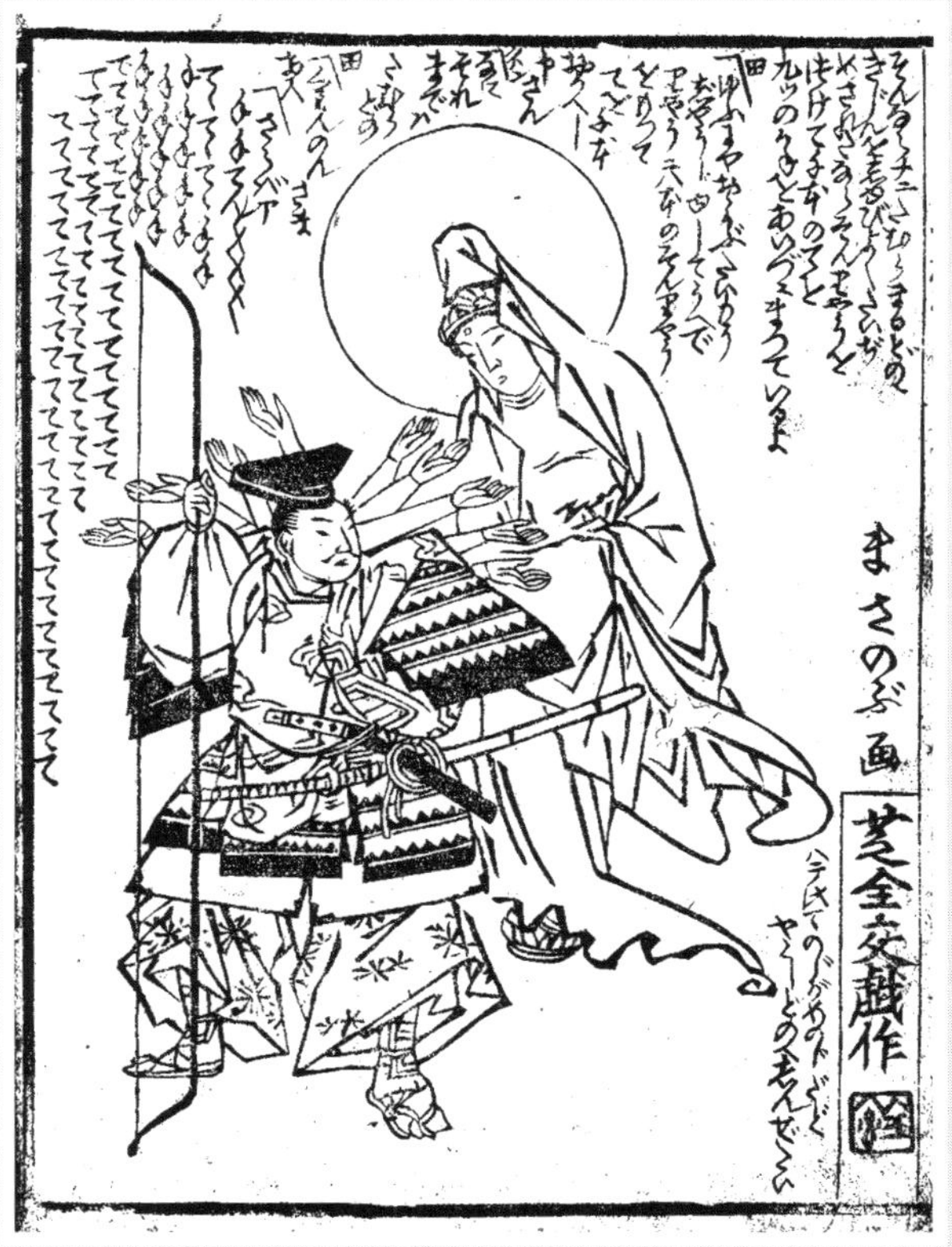

10

上

そんならナニたむらまるどの きじんをしゅびよくたひぢ めされたならそんりやうをつけて千本のてを 九つのかねをあいづにまつているよ

田へゆふにやおよぶたいもう じやうじゅして（た）うへで りやうに八本のそんりやうをもつて てを千本 おかへし申さん

クハンへなに それまでは たむらどの

田へくわんのんさま

両人へ さらばァ 手手てん〳〵〳〵〳〵〳〵

てヽてヽてヽ手手 手手手手手 手手手手手手手手手手 ててててててててててててててて ててて ててててててててててててててててて て ててててててててててててててててててて ててててててて

右下

（観音）ハテ此てのじがめのじだと やくしとのへしんぜたい

【まさのぶ画 芝全交戯作 交全】

第3章

ナナメ読みで楽しむ 必見黄表紙

其の3 金々先生栄花夢《きんきんせんせいえいがのゆめ》

其の4 江戸生艶気樺焼《えどうまれうわきのかばやき》

其の5 文武二道万石通《ぶんぶにどうまんごくどおし》

- 重三郎が自作した狂歌と黄表紙

『無題記』『大悲千禄本』と読んできましたが、発想も表現も斬新で、今も**色褪せない面白さ**がありました。
それは良かった。「黄表紙」にはまだまだ面白い作品がたくさんあるのですが、紙幅の限りもありますので、ここからは蔦屋重三郎を知るうえで欠かせない**重要作品の見どころ**をかいつまんでご紹介します。

其の3

金々先生栄花夢《きんきんせんせいえいがのゆめ》

作・画：恋川春町《こいかわはるまち》
安永4年（1775）

こんな作品

低年齢層向けの草双紙の体裁に、遊里遊びや流行・世相、教養に通じた大人向けの洒落本の要素をミックスした本作は、黄表紙の元祖と言われ、無名の武士で文人だった恋川春町の名を世に知らしめました。初版は鱗形屋孫兵衛から刊行され、3版より蔦屋重三郎版に。内容は、金村屋金兵衛《かねむらやきんぴょうえ》という片田舎の青年が、一旗揚げようと江戸に向かう途中の茶屋でうたた寝し、その間に色遊びに興じるも、やがて夢が覚めるというもの。

中村　『金々先生栄花夢』の刊行当時、江戸の町には地方から出稼ぎにやって来る人も多く、自分たちと境遇を同じくする主人公が栄華の限りを尽くす設定が評判となりました。それまで文人など一部の間で楽しまれていた洒落本などの戯作が、一般読者に広がるきっかけの一つになった作品でもあるんですよ。

山脇　主人公が最後に目を覚まし、それまでの話が全て夢だったとするのは、現代でいう「夢オチ」ですよね。もしかして、夢オチ作品の元祖だったりもしますか？

中村　……と言いたいところですが、この作品、実は元ネタがあるんです。中国に『枕中記《ちんちゅうき》』という伝奇小説があって、ある男が道士から枕を借りて眠ったところ、自分が立身出世して死ぬまでの夢を見るんですね。ところが目を覚ますと、寝る前に火にかけた粟の飯が炊き上がってさえいない。そこで「自分の人生なんてほんの一瞬だ」と悟るという教訓めいたお話です。これが中世期に日本に伝わり、『邯鄲《かんたん》』という謡曲になった。『金々先生栄花夢』は、この『邯鄲』が下敷きになっているんです。

山脇　下敷きの下敷きがありましたか。『金々先生栄花夢』ってタイトルの語呂がいいですよね。金々先生が何を指すのかは分からないですけど。

中村　金々先生というのは、流行のヘアスタイルや着こなしで遊ぶ伊達《だて》男のことで、当時の流行語。中国の古典を基にしつつも当世風のひねりを利かせ、新規の趣向を示す物語でもあるんです。

山脇　当時は斬新だったんでしょうね。重三郎のところからも出ていますが、最初は鱗形屋孫兵衛のところから出版されたんですよね。

中村　はい。ちょうど『金々先生～』が出る数年前に、鱗形屋が斬新な本を出すんです。「咄本《はなしぼん》」という小咄集なんですけど、鱗形屋はそこに挿絵を入れたり、当世のネタを仕込んだりして面白く読める工夫を施しました。それがウケたので、「こういう風に誰もが面白がって読める本をもっと出したい」と、試行錯誤して生まれたのが『金々先生栄花夢』だと考えられます。おそらく、鱗形屋と春町の二人で相談しながら作ったんじゃないでしょうか。時代の先を行く鱗形屋のそんな仕事ぶりを、重三郎はよく見ていたんじゃないかな。もちろん、江戸戯作を出している版元は他にいくつもありましたが、草双紙では鱗形屋がダントツでしたから。

山脇　しかもこの作品、かなり売れたとか。

中村　はい。大田南畝が書いた黄表紙の評判記『菊寿草《きくじゅそう》』（天明元年・1781）に、「きんきん先生といへる通人いでて、鎌倉中の草双紙、これがために一変して、どうやらこうやら草双紙といかのぼりは、おとなの物となったるもおかし」と、草双紙を一変させた作品と評されているくらいです。

山脇　おぉ、さすが黄表紙の元祖！

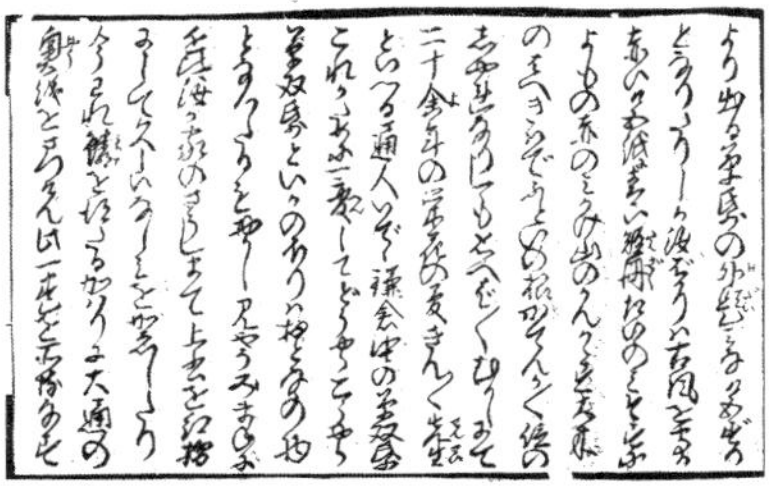

『繪草紙評判記　菊壽草』
えぞうしひょうばんき　きくじゅそう

大田南畝・作　天明元年・1781刊　東京都立中央図書館所蔵

クイズ

読んでみよう！

①　今ハ○○○

②　是より右○○○○

（２頁目）

山脇　最初の場面で田舎から出てきた金兵衛が、立ち寄る茶屋と粟餅が気になります。店先で餅みたいなものを搗《つ》いていますが、どんな味なんだろう。

中村　この茶屋は、東京都目黒区にある滝泉寺《りゅうせんじ》、通称目黒不動尊の門前に実際にあったと言われています。当時の目黒は鷹狩りの好適地で、3代将軍の家光が、放鷹《ほうよう》の本陣を滝泉寺に置いたことから一気に有名になったようですよ。粟餅は参拝客に人気の菓子で、粟ともち米を合わせて蒸し、一緒に搗き上げて作ります。最近まで営業されて

（3頁目）

こたえ

①むかし
②目黒道
③(右から)むさしや
④本粟餅

いるお店があったんじゃないかな。

山脇　その場で搗いてくれるお餅、美味しそうです！

中村　その分、作るのに時間がかかり、旅の疲れもあって金兵衛は眠ってしまいます。すると、夢の中に神田の八丁堀に住む羽振りのいい町人・和泉屋《いずみや》清三《せいざ》の家来がやってきて、うちの旦那の跡取りになってもらえませんか？　と言ってきた。神田の八丁堀というのは、実在しない人物の住所としてよく使われた地名です。

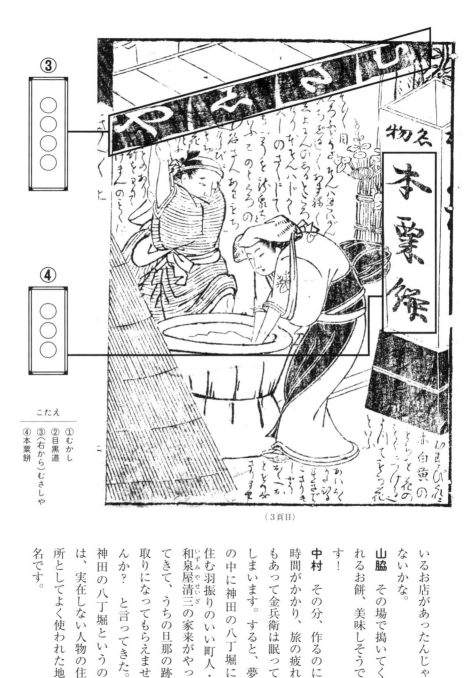

ここに注目!

フキダシ内は、夢の中の出来事として表されている

（4頁目）

（5頁目）

山脇　if《イフ》ものというか、展開がちょっとラノベっぽいですね。現実には辛い人生を捨てて別の人生を生きることはできない訳ですが、エンタメ作品内ではそれができる。日本人は昔から、こういうお話が好きなんですね。このページ、眠る金兵衛からフキダシのようなものが出ていて、そこに文字と家来や駕籠《かご》が描かれているのも面白いです。これから起きることは夢の中の出来事ですよと、パッと見で読者に伝わるように描かれている。

中村　そうですね。ちなみに、この時の金兵衛の髪型や格好はいかにも田舎から出てきた男という風情ですが、作品を読み進めると徐々に垢抜けていきます。春町はこの前に、ファッションブックのような側面のある洒落本『当世風俗《とうせいふうぞく》通《つう》』（安永2年・1773）を出していて、そこに描かれているのと全く同じ格好をした人が出てくるんです。当時の流行がこと細かに描かれているので、そういった部分も楽しめますよ。

山脇　黄表紙は戯作である一方、流行を発信するメディア的側面もあったんですね。8、9頁目の場面で金兵衛は、和泉屋の名を貰い、家督を継いだ途端、尾頭付きの鯛を肴に飲んでいますね。髷も細く洒落た感じで、取り巻きに肩

ここに注目!

最初の場面に比べると
髷がめちゃくちゃ細くなっている!

（8頁目）

（9頁目）

たたきをさせています。

中村　元の金村屋金兵衛という名前もあり、周りの皆が金々先生と呼ぶようになったとあります。これは、当時の流行語「金々先生」が先にあって、それを基に人物名を拵《こしら》えたものですね。10頁目から吉原に繰り出しますが、いかにも通人という格好になっていますよ。

山脇　お金が入った途端、呆れるくらいわかりやすく変わっていくんですね。着物もお洒落になって、ビフォーアフターの差がすごいです。

中村　その次の11頁目の場面では、金々先生は取り巻きに、「節分で豆をまくのはもう古いです」と言われて、気になる遊女の前で金銀を升に入れて撒くなど、成金ぽい遊びをしようと色々試します。これは、元禄の商人・紀国屋文左《きのくにやぶんざ》衛門《えもん》の逸話を基にしているのでしょう。ところで、こういった夜の席では、遊女が手練手管で客に金を出させる一方で、情夫とのひと時を楽しむ訳ですが、客はそれを見て見ぬふりするのが粋とされていたんですね。ところが、野暮な金々先生は、そこで怒っちゃうんです。

山脇　それがダサいとされる感覚は、現代に通じるものがありますね。

ここに注目！　遠くに吉原特有の防火水槽が描かれている！

クイズ

読んでみよう！

① ○○○　○○○○

② ○○○○○○　○○○○

（10頁目）

ここに注目！

『無題記』にも出てきた通人のファッションアイテム〝頭巾〟。

中村　この後、金々先生はあちこちで騙されて、取り巻きもいなくなって、格落ちの品川に徒歩で女郎を買いに行くようになります。

山脇　それでもその後は？　遊びを止めないんですね。

中村　いよいよ財産を食いつぶしかねないということで、義父の清三の逆鱗に触れた金兵衛は、来た時の格好のまま放り出されます。

山脇　あっという間の転落でした。そして、目覚めたところは最初の茶屋という。まさに一炊の夢ですね。

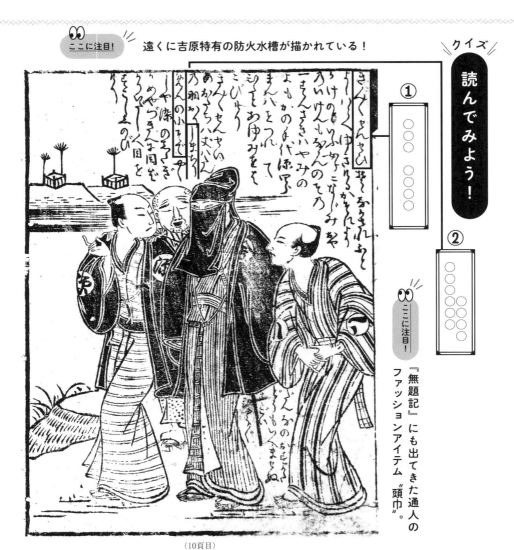

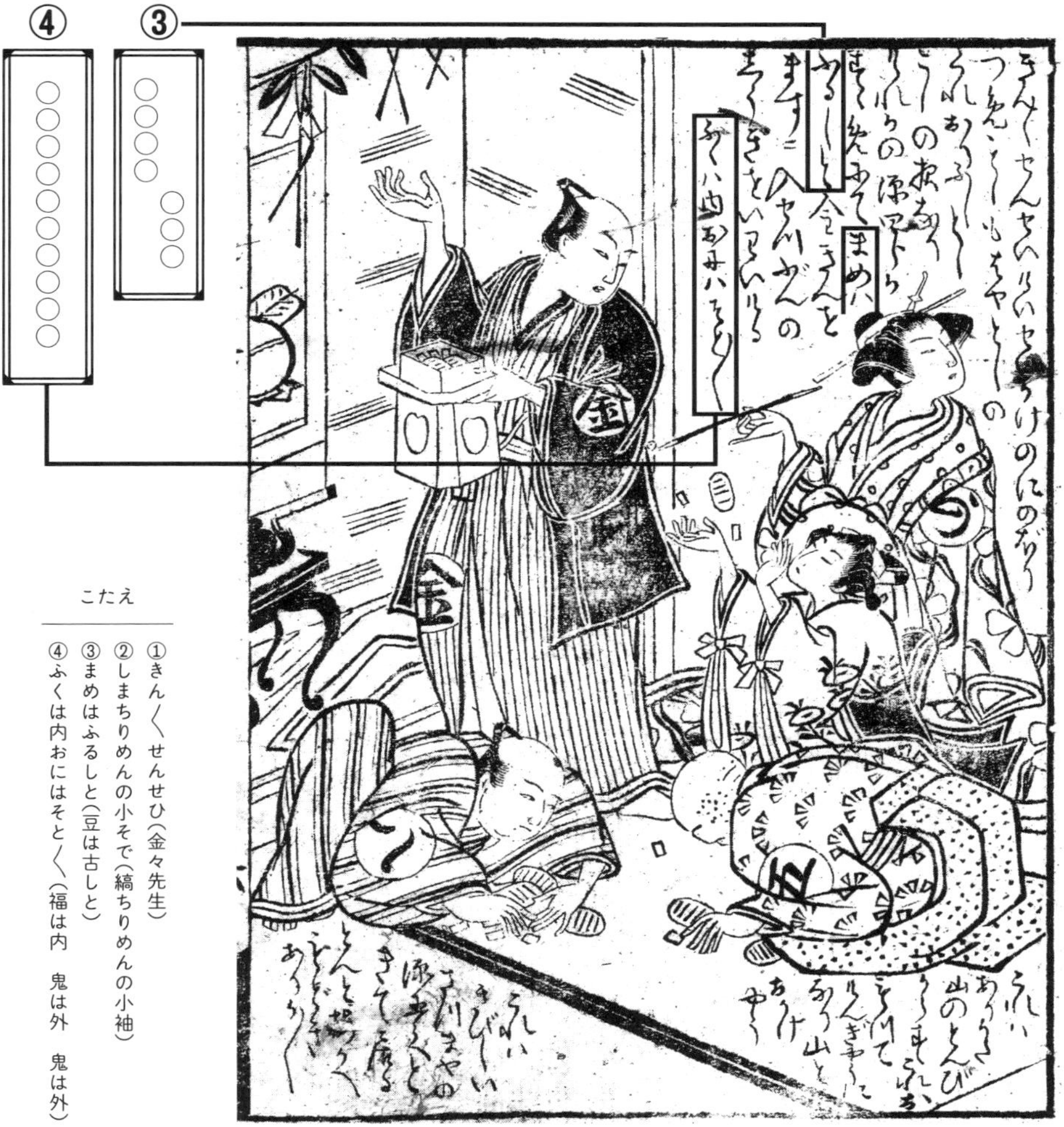

（11頁目）

こたえ

①きん〱せんせひ（金々先生）
②しまちりめんの小そで（縞ちりめんの小袖）
③まめはふるしと（豆は古しと）
④ふくは内おにはそと〱（福は内　鬼は外　鬼は外）

中村　本作の夢オチという形式は、この作品を機に、徐々に黄表紙界に広まっていき、朋誠堂喜《ほうせいどうき》三二《さんじ》の『見徳一炊夢《みるがとくいっすいのゆめ》』や山東京伝の『盧生夢《ろせいがゆ》魂其前日《めそのぜんじつ》』といった多くの後継作品が生まれました。やがて多用されすぎて、陳腐だと言われるようになるんですけどね。

山脇　漫画界でも大長編のラストが夢オチだと、読者から大きな反発が起きたりしますすね。そんな場面を何度か目にしてきました。歴史は繰り返すんですね。

其の4

江戸生艶気樺焼《えどうまれうわきのかばやき》

作：山東京伝《さんとうきょうでん》
画：北尾政演《きたおまさのぶ》
天明5年（1785）

こんな作品

山東京伝が20代半ばで発表し、黄表紙作家として不動の地位を確立した作品。北尾政演は京伝の画号で、作・画共に京伝が手掛けています。本作の主人公で仇気屋《あだきや》のひとり息子・艶二郎《えんじろう》は、お芝居の主人公のように、とことん女性にモテる経験をしてみたいと考え、お金に物を言わせて自分がモテているかのようなシチュエーションをあの手この手で演出しますが……。幅広で特徴的な艶二郎の団子鼻は、「艶二郎鼻」「京伝鼻」と呼ばれ、艶二郎の名はブサイクで自惚《うぬぼ》れが強い男の代名詞となりました。

中村　『江戸生艶気樺焼』は大変人気が高かった作品で、初版以降4回も再版されています。

山脇　「艶気樺焼《うわきのかばやき》」って、「うなぎの蒲焼」と掛かっているのかな。

中村　その通り。「江戸生《うまれ》」は「江戸前」という意味で、江戸湾で捕れたということ。ここでは、主人公がちゃきちゃきの江戸っ子ということを表しています。タイトルの表記は、3版から分かりやすく「浮気蒲焼」に改題されています。

山脇　「江戸前」の「浮気蒲焼」か。タイトルから笑わせてきますね。1頁目から、いい表情を見せてくれているのが艶二郎でしょうか。

中村　そうです。年の頃は19か20歳ぐらい。彼が寝そべって見ているのは、男女関係のもつれなどドロドロした歌詞が多い浄瑠璃の一流派・新内節《しんないぶし》の正本（歌詞を集めた本）で、「俺もここにあるような、一生の思い出になる浮気を経験できたら死んでもいいなあ」と考えています。

山脇　先々の展開が期待できますね。いい摑《つか》みです。

中村　部屋の中にも情報が詰まっています。右上にある海外からの輸入品っぽい調度は「唐物《からもの》」と呼ばれるもの。ここから、艶二郎の実家が相当な金持ちだということが見て取れます。

山脇　唐物の調度に、○に／を重ねたようなマーク ⌀ がありますね。一体何でしょう？

中村　これは、「東インド会社」のマークだと考えられています。

ここに注目！
異国情緒漂う調度品

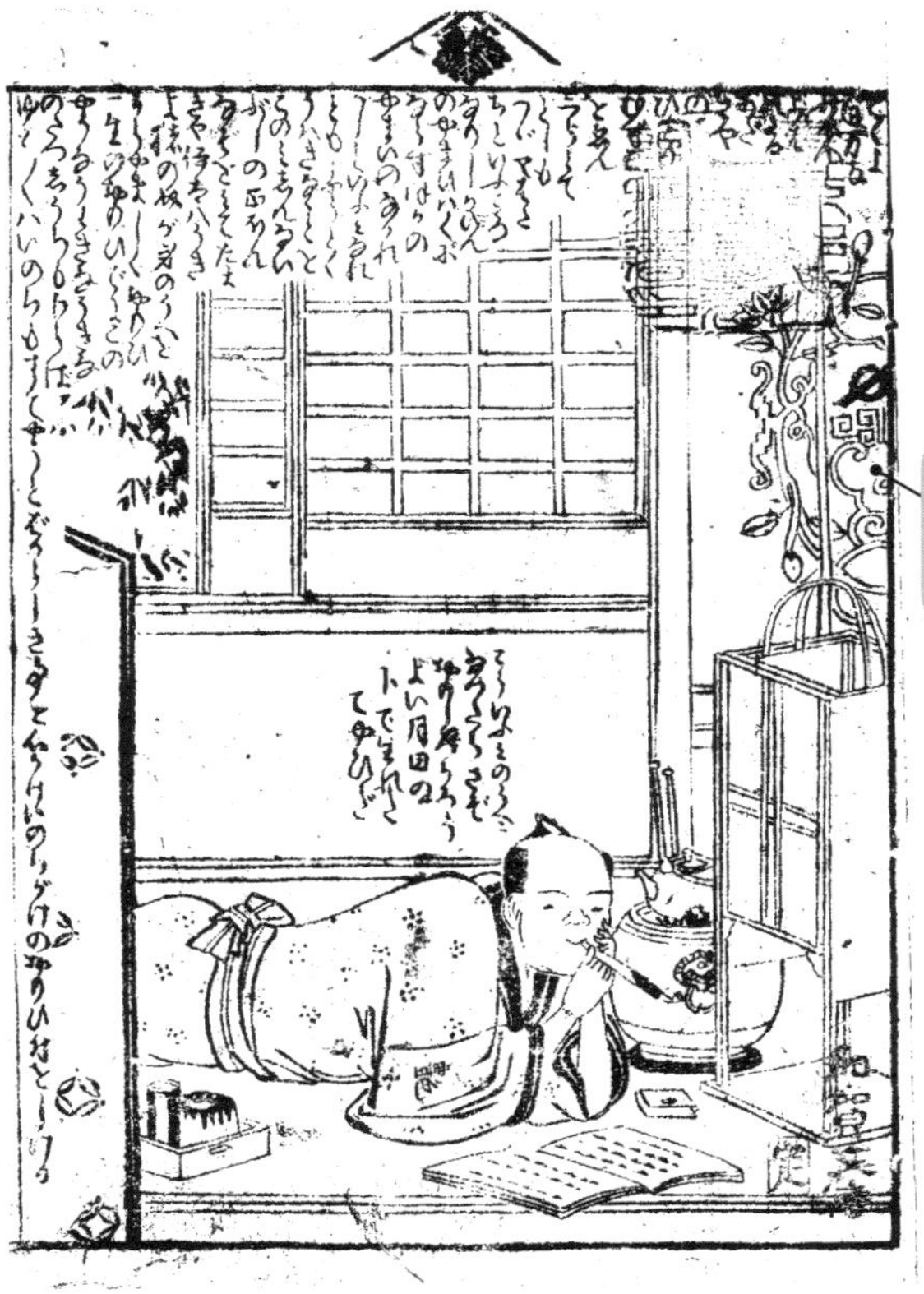

（１頁目）

山脇　その名は日本史で習った記憶があります。たしか、紅茶や香辛料の貿易会社ですよね。そんなビッグな会社と取り引きがあるとは、かなり実家が太いということですね。

中村　このおぼっちゃま、実は相当なブサイクという設定でもあるんです。

山脇　確かに、美男子とは言い難いですが……。ルッキズム（外見を重視する考え方）への批判もある現代からみると、なかなかの設定ですね。だけど可愛げもあって、どこか憎めない顔立ちです。

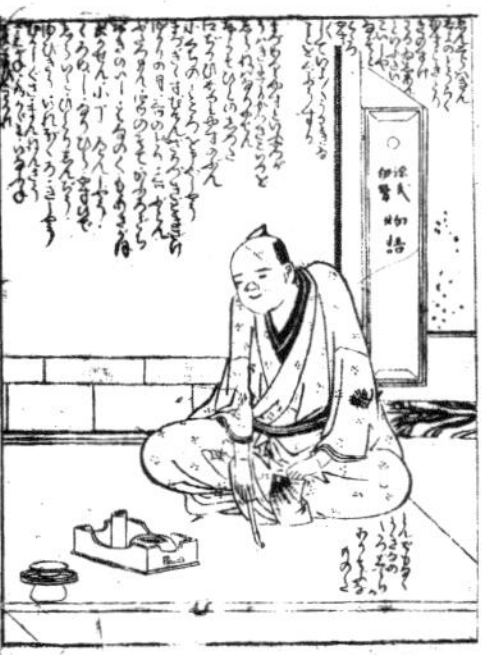

（2頁目）

（3頁目）

中村　仰る通り。そんな艶二郎が、「思い出に残る浮気」を経験するために集合をかけたのは、近所の道楽息子の北《きた》里《り》喜《き》之《の》介《すけ》と太鼓医者の悪《わる》井《い》志《し》庵《あん》の二人です。前者は、「着の身着のまま」を洒落て「きたりきのすけ」と言ったことと、北里イコール吉原、二つの意味が掛かったネーミングです。吉原を北里と呼んだのは、日本橋より北側にあったから。つまり、吉原通いを好む者ということ。太鼓持ちで医者の後者は、「悪い思案」をそのまま名前にしています。

山脇　艶二郎と3人で、遊び人トリオということですね。

中村　本作にはこのような、実際に吉原で遊興を重ねた京伝ならではのアイデアが詰まっています。

山脇　制作中、吉原のことを隅々まで知る重三郎との、「こんな裏話もあるよ」「それ、いただきます！」みたいな会話があったかもしれませんね。

中村　そうかもしれません。重三郎は江戸文化を担うスターを何人も発掘&プロデュースしていますから、京伝の才能を磨くべく、あれこれアドバイスをしたんじゃないでしょうか。さて艶二郎ですが、愛人の名前の入れ墨をいれることがモテ道のはじまりだとばかりに、「二、三十ほど」

（4頁目）

の架空の名前の入れ墨を、両方の腕や指の股にまで彫っていきます。古い名前はそれっぽく見せるために一部お灸で消したりして（4頁目）。

山脇　努力する方向が明後日すぎますね。

中村　さらには、歌舞伎役者の家に熱狂的なファンが押し掛けるのを羨ましく思い、評判の踊り子・おえんを50両で雇って、自分の家に押し掛けるようお願いしたりします。

山脇　当時1両10万円として、500万円⁉

中村　ところがおえんは、艶二郎の家の女中たちから、うちの若旦那に惚れるなんて「とんだ茶人」、つまり変わった人だよと言われます。番頭も、若旦那のルックスでそんなことが起きるはずはないんだから、何かの間違いじゃないですか？　と、おえんを家に返しちゃうんです。

山脇　艶二郎、身近な人から酷い言われよう……。

中村　お次はと、〝仇気屋の息子・艶二郎という色男に、美しい芸者が惚れて駆け込みました〟と自分の色恋沙汰を瓦版にして、読み売り（下図の男）に頼み、内容を読み上げながら江戸中を売り回らせますが、期待するほど噂にならない。そこで、いよいよ吉原で女郎買いを始める訳です。まずは、浮名屋《うきなや》の浮名という高名な遊女を訪ねますが、相手にされない。さらに、焼きもちを焼いてくれる人が家にいないと張り合いがないからと言って、40歳近い「器量は二の次」の女性を200両の支度金で妾に抱えるんです。

山脇　艶二郎め。色々ひどいなあ。

中村　しかも艶二郎は、「去年の春、中洲《なかす》で買った地獄ではねえかしらん」と、その女性を疑ったりします。中洲というのは、隅田川を埋め立てて作られた繁華街のこと。15、16年ぐらいは栄えたのですが、それを作ったことで何

（8頁目）

度も水害が起きて、取っ払われちゃうんですけどね。で、その中洲で以前、艶二郎がひどい私娼《ししょう》を買ったと話しています（11頁目）。

山脇　ここでこの女性のことを、「小便組はごめんだよ」と言っているようですが、どういう意味ですか？

中村　「小便組」とは女性詐欺師のこと。お金をもらい、裕福な家に妾に行くんだけれど、その家に数日居た後にわざと寝小便を垂れて、追い出されるのを繰り返すんです。

山脇　そりゃ大迷惑！　そんな詐欺、成り立つんですね。

中村　このページ、柱掛けに「小便無用　花山書」とあります。江戸の俳人・榎本《えのもと》其《き》角《かく》が吉原で詠んだ「此所小便無用花の山」という有名な句と、艶二郎の「小便組じゃないか？」という心境を掛けているんですね。

ここに注目!

「小便無山　花山書」とは…？

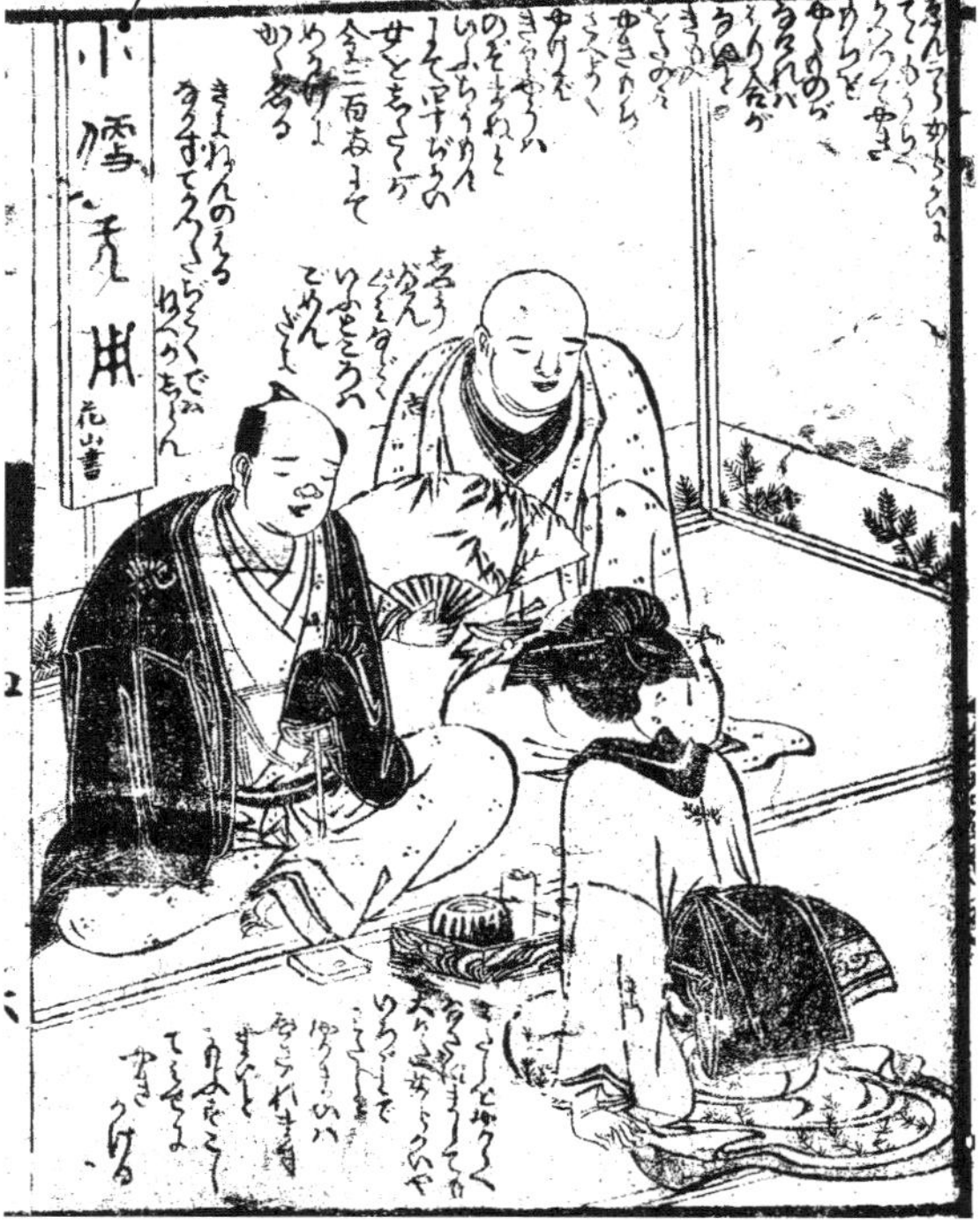

（11頁目）

山脇　『大悲千禄本』も、壁に掛けられた書状差しなど細かい部分も見どころ満載でしたが、今回は柱掛けに主人公の心境が表されているんですね。

中村　さて、嫉妬してくれる人ができた艶二郎は、深川、品川、四谷新宿といった、幕府非公認の岡場所に遊びに出掛けます。しかし、浮名ほどの遊女には出会えずじまい。そこで、普通の遊び方ではつまらないと、悪井志庵に浮名を独占させ、自分はあえて「新造買い」をします。これは、意中の遊女に気があることを示すため、他の客の相手をしている遊女の新造を買って時間をつぶし、後で一緒に過ごす通人の遊び方。そこでも相当なお金を使って浮名との時間を過ごし、「日本だ」と嬉しがっています。「日本」というのは当時の流行語で、今でいう「最高！」のニュアンスです。

山脇　浮名への本気度も示せて、自分もモテ男気分を味わえて一石二鳥ですね。

中村　さんざん吉原で遊んだ艶二郎が5、6日ぶりに家に帰ると、待っていた妾が「こゝぞ奉公のしどころ」と、焼きもちを妬いてくれる訳です。「私に惚れられるのが嫌なら、そんなにいい男に生まれつかないがいいのさ」なんて言って。

山脇　いい仕事しますねえ。

中村　艶二郎もいい気分になって、「生まれてから始めて焼餅を妬かれてみる。どうも言えねえ心持ちだ」と言っています。何とも言えない心持ちになったということですね。もうちょっと妬いてくれたら、前に欲しがっていた八丈縞と縞縮緬《しまちりめん》の着物を買ってやるぞ、とも。

山脇　よっぽど自尊心が満たされたんでしょうね。にしても、艶二郎はお金使い過ぎだな。

中村　今度は浮名の名前と自分の紋を一緒に入れた提灯を注文したり、芝居を見に行っては、「色男というものは、とかくぶたれるものだ」と、「地廻り」という吉原の用心棒を雇い、人目の多い吉原の仲之町でぶってもらうんですね。ところがこの時は、ぶちどころが悪くて気絶してしまい大騒ぎになります。

山脇　雇われた地廻りも、とんだ茶番だぜって感じなんでしょうね。

中村　ここらでようやく、艶二郎に関する噂が立ち始めます。しかしそれは、彼が意図するようなものではなく、あいつは金持ちだから、周りが金のために芝居をうってるんだというものでした。それを聞いた艶二郎は、急に実家が金持ちであることが嫌になってしまい、親に「勘当してほしい」とお願いするんです。

山脇　さんざん親のお金を使っておいて、何を言ってんだか……。

中村　こういう時、母親は息子の肩を持つものですから、「七十五日が間の勘当にて、日限が切れると、早々家へ引きとる事也」と。つまり、期限付きで勘当するから、その後はすぐに帰っていらっしゃいと言っています。一方の父親は、相当怒っているんですけどね。

山脇　こんなバカ息子に家業は任せられないということなんでしょうね。

中村　勘当された艶二郎は、色男がするような商売をしてみたくなり、ならば地紙《じがみ》売り（初夏の頃、扇子の地紙を売る商人）だろうと、扇子の必要がない時期に地紙を売りに出かけます（21頁目）。そこで茶屋の娘さんが、「鳥羽絵のような顔の人が通る。みんな来てみなせい」と。

山脇　鳥羽絵って江戸時代の戯画ですよね。愉快な顔の人が通るよ、クスクスみたいな？

中村　滑稽な容貌を見て、そう言われているのも分からず、内心、「また惚れたそうだ。色男も騒《うる》さいぞ」と思っています。

山脇　艶二郎は、どこまでも2枚目気取りなんですね。おめでたいと言うか、何と言うか。

中村　ここで最高潮にノってきた艶二郎は、親に勘当を許すからそろそろ戻ってこいと言われているにもかかわらず、もう20日待ってくれと頼み、いよいよ浮名と嘘の心中を決行することにします。まずは、浮名を1千5百両で身請けして、ペアルックの小袖を作り、二人の辞世の句を配布用に印刷します。

（21頁目）

山脇　この場面（22、23頁目）、嘘の心中のために用意された小物がこと細かに描かれていますが、仰々しくて面白いですね。脇差に、提灯、辞世の句も置いてある。それにしても、浮名はこれでいいのかしら。

中村　もちろん浮名も艶二郎と心中なんて、「外聞が悪い」と不承知な訳ですが、お役目を全うしたら、「好いた男と添わせてやろう」と浄瑠璃に出てくるようなセリフを言って、納得させたみたいです。さらに艶二郎は、狂言のスポンサーになる代わりに、芝居の興行主と著名な脚本家に、自分と浮名の心中物語を浄瑠璃に仕立ててくれとお願いしていますね。役者も人気どころを揃えてくれって。ちなみに、ここは実在の人物の名が使われていて、リアリティのあるフィクションになっています。

山脇　漫画や小説でもよく使われますよね。しかし、ここまでくると、モテたいという範疇《はんちゅう》を越えてますね。SNS時代に艶二郎がいたら、とんだ承認欲求モンスターになっている気がします。江戸時代にすでに、こういう人が存在したのかもしれませんね。

中村　艶二郎の愚行はまだ続きますよ。ストレートに身請けするのは色男っぽくないよねと、わざわざ櫺子《れんじ》（遊女屋の格子）を壊して二階に梯子《はしご》をかけ、駆け落ちっぽく身請けするんです。「二階から目薬とは聞いたが、身請とはこれが始めてじゃ」とか言いながら。

山脇　ここでも艶二郎はお金をバラまいたんでしょうね。駆け落ちといいつつ、格子の向こうで遊女屋の皆さんが見送ってくれています。

中村　ここで「道行」という言葉が出てくるのですが、人形浄瑠璃や歌舞伎で、相思相愛の男女が手に手を取って駆

（23頁目）　（22頁目）

け落ちしたり、心中に向かうこと。艶二郎は、この嘘心中がよっぽど嬉しかったんでしょうね。最期の場所は向島と決め、三囲《みめぐり》の土手をウキウキしながら歩き、「ここら辺りがいいだろう」と、脇差を抜いて南無阿弥陀仏を唱えます。ところが、制止役の喜之介と志庵は現れず、黒装束の泥棒二人に、衣類を剝ぎ取られてしまうんです。しかも、「心中するのであれば、苦しまずに死ねるよう俺が介錯《かいしゃく》してやろうか」と。実はこれ、艶二郎の父と番頭の狂言なんです。

山脇　お父さんも艶二郎の愚行をなんとか止めさせようと、知恵を絞った訳ですね。

中村　さすがの艶二郎も「これで懲りました」と。

山脇　やっと懲りたか……。とはいえ、艶二郎はまだ20歳そこそこなんですよね。これも社会勉強と思って、今後の成長の糧にしてほしいところです。

中村　身ぐるみ剝がされた艶二郎と浮名の二人が歩いていますが（28、29頁目）、右側に「道行興鮫肌《きやうがさめはだ》」と、浄瑠璃のタイトルみたいな文字が入っています。ここからいきなり本文の調子が、芝居の文句みたいになっていきます。「興が覚める」は、「鮫肌」と掛けていますね。

山脇　二人の体のたるみ具合、リアル……。

中村　さて、散々な目に遭って、家に帰った艶二郎ですが、目が覚めて真人間となり、行く当てのなかった浮名は艶二郎と夫婦になり、家の商売は末永く繁盛しましたとさ。

山脇　え、夫婦に？　まさかのハッピーエンド！

中村　草双紙の前身の赤本が子どもに読ませるものだったので、ハッピーエンドが定番というのがあって。一般的に草双紙はお正月に刊行されるものだったので、おめでたいものが好まれたのでしょう。

山脇　子どもにバッドエンドは早いか。売名も中身が伴わないと手痛いしっぺ返しを食らいますよ、という教訓めいた部分もあるから、新春から生活態度を改めようと考える層に刺さったのかもしれないですね。

中村　とはいえ、お金をかけ、気合も入れて実現した浮気な訳ですから、どうしても世間に広めたいと考えた艶二郎は、山東京伝に頼んで、このお話を草双紙に仕立ててもらいます。それがこの本ですよ、というのが最終的なオチです。

山脇　最後、作者自身が物語に登場するのか。メタフィクション的な構成も面白いですし、おバカだけど憎み切れない艶二郎のキャラクターも立っています。非常に漫画的で

（29頁目）　（28頁目）

すし、画期的な作品だったのではないでしょうか。

中村　個性的なキャラクターを生み出し、そのキャラクターが庶民に広く受け入れられたという意味でも本作は重要な作品です。今回は物語の筋を追うことに徹しましたが、各ページにはここでご紹介しきれなかった細かい仕掛けが数多施されていますので、興味を持った方はぜひ実際の作品に当たってみてください。

其の5

文《ぶん》武《ぶ》二《に》道《どう》万《まん》石《ごく》通《どおし》

作：朋誠堂喜三二《ほうせいどうきさんじ》
画：喜多川行麿《きたがわゆきまろ》
天明8年（1788）

こんな作品

鎌倉時代、武士の気の緩みを問題視した源《みなもとの》頼朝《よりとも》は、臣下の畠山重忠《はたけやましげただ》に対策を講じるよう命じます。そこで重忠は鎌倉中の武士に富士の人穴《ひとあな》をくぐらせ、学問に秀でた者、武に秀でた者、どちらも駄目な「ぬらくら武士」を選別。ぬらくら武士のみ温泉で遊興させ、堕落の様相を明らかにした末に頼朝に戒めてもらうという内容です。当時16歳の将軍・家斉《いえなり》を頼朝に、松平定信を重忠に置き換え、寛政の改革下の政治・社会状況をいち早く笑いの対象にした作品。

中村　田沼意次が失脚して松平定信が老中になった時、最近の武士の怠慢や贅沢を憂慮して、文武両道を奨励・振興したそうです。その一環で、無精者がいないか調べさせていたのですが、それを黄表紙にしちゃったのが本作。曲亭馬琴が、「古今未曽有の大流行」（『近世物之本江戸作者部類』）という言葉を残していて、店売りでも、行商でも、飛ぶように売れたそうです。

山脇　反感も買ったでしょうね。でも、偉い人をおちょくる本があったら気になるだろうな。

中村　そうですね。改革って庶民の生活にダイレクトに影響がありますから、皆が自分事として面白がれた部分もあったんでしょうね。

山脇「あれを読んでおかないと話題に追いつけない！」みたいな感じで口コミでも広がりそうです。

中村　この作品と並ぶ重三郎発行の黄表紙のヒット作が、『天下一面鏡梅鉢《てんかいちめんかがみのうめばち》』（唐来三和《とうらいさんな》作、栄松斎長喜《えいしょうさいちょうき》画／寛政元年・1789）です。幕末に岩本活東子《いわもとかっとうし》という人物がまとめた『戯作六家撰《げさくろっかせん》』によると、あまりの売れ行きに製本が間に合わず、紙と糸を別々に渡して売ったとか。

山脇　「あとは自分で綴じてくれ」と!?　刷った傍から売れていったんだろうなぁ。

中村　話を戻すと、タイトルの「万石通」は、傾斜した篩《ふるい》を使って米と糠を分ける農具のことで、良い武士と悪い武士を選別しようとしたことと結びつけています。定信が大名行状調査を行い、大名を「万石以上」、旗本を「万石以下」と称したことに掛けています。

山脇　お話の中の重信は、どうやって「ぬらくら武士」を見分けたのでしょう？

中村　まず、不老不死の薬があると言って、武士たちを富士の人穴に呼び寄せます。その後、風雅を解さない者は入ってはいけないと書かれた洞窟、軟弱な者は入れないと書かれた洞窟（妖怪窟）、文武ともに苦手でも老いずに長生きできる洞窟を設けて、武士たちに選ばせたんです（6、7頁目）。

（7頁目）　（6頁目）

山脇　機械的に武士を3タイプに振り分けていくところからして、寛政の改革を茶化す気満々ですね。「ぬらくら武士」の烙印を押された人たちは、どうなったのでしょう？

中村　重信は「ぬらくら武士」だけを箱根の温泉に連れて行き、そこでも経歴や気質などを炙《あぶ》り出すように仕向けるんです。また、財産を使い果たさせ、「これからは文武に励むしかないぞ」と、頼朝が苦言を呈するところで物語は終わります（30頁目）。

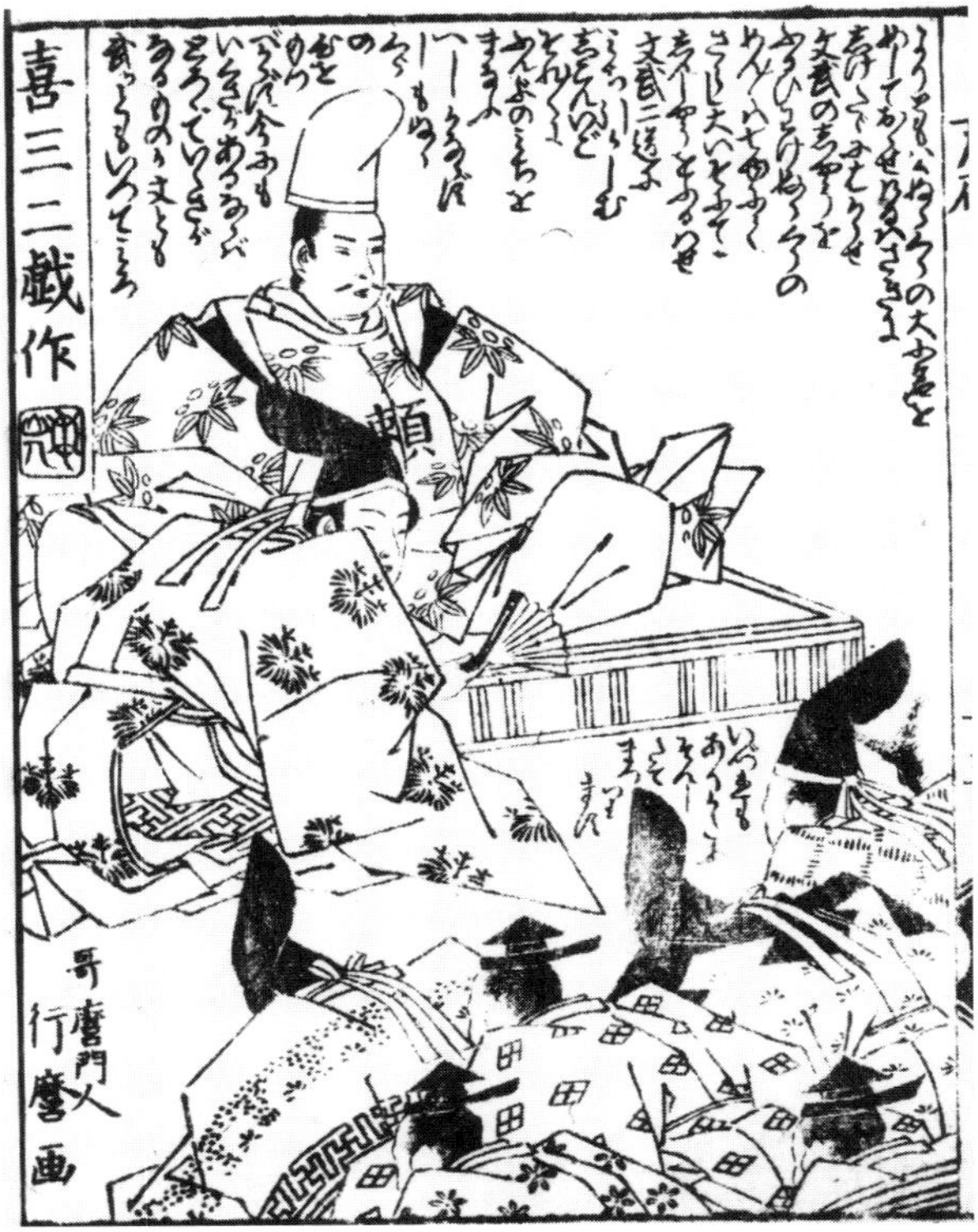

（30頁目）

山脇　厳しいですね。誰もが聖人君子な訳じゃなし。

中村　著者の喜三二は、秋田藩の武士で、江戸の藩邸を守る武士同士、春町と親交があったようです。『文武二道万石通』のヒットを受け、二人の間でどんな会話があったのか、翌年、春町は北《きた》尾政美《おまさよし》と組んで、『鸚鵡返文武二道《おうむがえしぶんぶのふたみち》』を出します。表向きには、『文武二道万石通』に鸚鵡返ししたという続編的位置づけの作品ですが、タイトルにある鸚鵡は、定信の著した『鸚鵡《おうむの》言《ことば》』を暗に掛けていて、やはり寛政の改革を茶化しているんです。

山脇　喜三二も春町も攻めてますね。二人でアイデアを話し合ってる時とか盛り上がったでしょうね。

中村　二人はとても仲が良かったんですよ。実際、多くの喜三二の作品に春町は絵を入れていますから。さて、『鸚鵡返文武二道』は平安時代が舞台。醍醐《だいご》天皇の御代《みよ》、世の中に新しい政治体制が浸透して良い世の中になったのですが、武士たちはたるんできたという設定です。天皇が臣下の菅秀才《かんしゅうさい》（菅原道真《すがわらのみちざね》の息子）に、世の武士は武道を疎《おろそ》かにしているので何とかせよと命じると、一斉にでたらめな武道修行が行われ始めます。今度は、文の道が疎かだから何とかせよと命じると、菅公におもねった学問が武士たちの間で広く行われていくという内容です。醍醐天皇は家斉、菅秀才は松平定信といったところでしょう。

山脇　喜三二も、春町も、お咎めはなかったんでしょうか？

中村　『文武二道万石通』は、すぐに重三郎が「これはマズいんじゃないの？」とちょこちょこ描き直しをさせて再版したんですが、あえなく絶版に。同様に、『鸚鵡返文武二道』も描き直しをさせて再版しています。『天下一面鏡梅鉢』も絶版になりましたが、こちらはタイトルからしてマズかった。

山脇　風流なタイトルだと思いましたけど。

中村　実は梅鉢というのは松平家の家紋で、このタイトルは、「天下が全て松平の影響で変わっていきましたよ」という意味なんです。『文武二道万石通』も、初版は重忠の着物の家紋が梅鉢になっていて、定信であることを示唆しているのですが、再版では消されています。また、初版の重忠は厳しい顔をしているんですけど、再版の方はにっこりした表情になっていたりもします。見比べてみるのも面白いですよ。

山脇　「これぐらい攻めた方がウケるだろう」と思ってギリギリのラインを突いたところ、情勢が緊迫してきたから急遽、対応したんでしょうね。

中村　定信は家臣の水野為長《みずのためなが》に市井の様子も探らせていました。その記録である『よしの冊子《そうし》』の中で、「いま、世間では『文武二道万石通』『鸚鵡返文武二道』『天下一面鏡梅鉢』という黄表紙が意味ありげに売られていますよ」と、作品が名指しされています。結局、喜三二は『文武二道万石通』を最後に、黄表紙を書かなくなりました。春町の『鸚鵡返文武二道』も発禁になり、その後、春町は病気で亡くなるのですが、実は自死だったのではとも言われています。

山脇　時の政権は、そこまで黄表紙を目の敵にしたんですね。黄表紙の発信力や影響力の高さが窺えます。発禁になるであろうことを分かっていながら、攻めた表現を試みた戯作者たちのことを思うと、心臓がギュッとなりますね。

重三郎が自作した狂歌と黄表紙

江戸時代中期以降、江戸が上方と並ぶ経済都市として発展したことで、さまざまな町人文化が花開きました。「洒落本」に「黄表紙」、「合巻」、歌舞伎、そして和歌から派生した狂歌が盛んに作られ、大流行したのもこの頃。狂歌は江戸時代前期から作られていましたが、この頃、作られた狂歌は特に「天明狂歌」と呼ばれました。

狂歌は五七五七七で作る和歌のパロディ的側面がありますから、元の和歌が分かる人でないと面白がることはできません。そこで、比較的知識のある同好の士が集まって、「連」というサロンを形成し、そこには、戯作者や絵師、武士、版元、富裕な町人など江戸の文化を支えた錚々《そうそう》たるメンツが集いました。彼らは狂歌師と呼ばれ、人情の機微をうがち、世相や為政者を皮肉った小気味いい作品を数多生みだしました。ＳＮＳ等で人々の関心を集めるインフルエンサーに近い存在だったのかもしれません。

世の中に蚊ほどうるさきものはなし　ぶんぶといふて夜もねられず

老中・松平定信が定めた寛政の改革を皮肉り、教科書にも掲載されているこの狂歌。改革の要であった「質素倹約・文武奨励」の「文武《ぶんぶ》」とぶんぶん飛ぶ蚊の羽音を掛けていて、天明狂歌の中心人物で四方赤良《よものあから》、蜀山人《しょくさんじん》の狂名でも知られる大田南畝《おおたなんぽ》の作と言われています。

ちなみに、南畝が狂歌師仲間と競い合って編んだ『万載《まんざい》狂歌集《きょうかしゅう》』（天明３年・１７８３）や、『徳和歌後万載集《とくわかごまんざいしゅう》』（天明５年・１７８５）が大評判となり、江戸に狂歌ブームが巻き起こったとされています。重三郎は積極的に連に参加し、狂歌会に顔を出し、そこで詠まれた狂歌を狂歌集としてまとめました。その後、他の多くの版元からも狂歌集が出されたことを考えると、狂歌ブームを牽引する存在であったことが分かるでしょう。

重三郎自身も自作の狂歌を残しています。

髪すれば格別目だつ耳のたぶ
目出度くのする米の数かな

これは、赤良が編集した『狂歌才蔵集《きょうかさいぞうしゅう》』（天明7年・1787）に収められたもの。髪を剃ったところ、格別に耳たぶが目立つようになった。そこに幾つも米粒を載せられるほどの福耳具合よ、という意味。もう一句ご紹介しましょう。

しばらくは鯰坊主に要石
ねからうごかぬ親玉のはる

こちらも赤良の編集した『狂歌千里同風《きょうかせんりどうふう》』（天明7年・1787）に収められたもので、しばらくの間は鯰《なまず》（地震）を抑える要石のように、親玉の鯰坊主が酔って全く動かない春（新年）だなぁという意味。どちらもストレートな内容になっていますが、実におおらか。交友関係が広かったことで知られる重三郎。人に愛される理由が、狂歌にも滲んでいます。

ちなみに重三郎の狂名は蔦唐丸《つたのからまる》。本名の柯丸《からまる》と「蔦が絡まる」をかけています。狂歌師はみな、本名ではなく面白おかしい狂名を名乗っており、先に登場した恋川春町の狂名は酒上不埒《さけのうえのふらち》で、重三郎と関係性の深かった喜多川歌麿の狂名は筆綾丸《ふでのあやまる》だったりします。

落首とみるべき狂歌が世に溢れたのもこの頃です。先に挙げた「ぶんぶといふて夜もねられず」も落首としてよく知られたものです。

落首とは、人が集まりやすい辻や盛り場などに立札を立てて、主に世相を風刺した狂歌を匿名で公開したもの。この頃、言論の自由などというものはありませんから、為政者や政治に対する批判は非常に危険な行為でした。しかし、このように匿名という手段を取れば、読み書きさえできれば政治批判を行うことができたのです。

白河の清きに魚のすみかねて
もとの濁りの田沼こひしき

白河侯と呼ばれた松平定信の治世を清廉で美しい「白河」に掛けて、賄賂が横行した田沼時代の世を回顧するこの狂歌などは、もっとも有名な落首でしょう。

もちろん、幕府も手をこまねいていただけではありません。天明の飢饉や浅間山の噴火などもあり、財政難に苦しんだ幕府は、庶民に質素倹約を促し、贅沢をして風俗を乱す者や政治批判をする者に対する取り締まりを強化していきます。特に戯作者には武士階級が多く、厳しく断罪されました。咎めはなかったものの風評にさらされた南畝は、幕臣という立場も鑑みて、これを機に狂歌作りを止めてしまいます。

（3頁目）　（2頁目）

さて、重三郎は蔦唐丸名義で黄表紙も2作残しています。1作は『本樹《もときに》真猿《まさる》浮気《うわき》噺《ばなし》』（寛政2年・1790）。こちらは、天野《あまの》邪《じゃ》九郎《くろう》という男が主人公。子《ね》の日の遊び（野に出て小さな松を引き抜き、若菜を摘んで吸い物にして食べる

（30頁目）

『本樹真猿浮気噺《もときにまさるうわきばなし》』

蔦唐丸・作　寛政2年・1790刊　国立国会図書館所蔵

行事）でのひと儲けを思い立ち、采女《うねめ》が原を借り切って若い松と若菜を植え、貸衣装を損料貸しにしますが、誰も借り手がありません。次に、桃の節句を前に雛人形の損料貸しを思いつきますが、それもうまくいかない。といった具合に、月ごとに新しい商売を考え付くもことごとく失敗し、蓄えの金も使い果たして、剃髪して世事から離れて暮らすというお話。現実の商売や風俗を一捻りして、未来記に仕立てた『無題記』の影響が見られる作品です。絵は売れる前の喜多川歌麿が担当しており、その絵の巧みさから、重三郎のプロデュース力の高さが窺えます。

もう1作は、『身体《しんたい》開《かい》帳《ちょう》略《りゃく》縁起《えんぎ》』（寛政9年・1797）です。こちらは、山東京伝の師匠で、当時の重鎮でもあった浮世絵師の北尾重政《きたおしげまさ》が絵を担当しています。ただ、馬琴《ばきん》が、「蔦唐丸名義の黄表紙は代作だ」と言っていて、この作品を代筆とする説もあります。

当時、神仏信仰に基づく寺社参詣がブームになり、ご本尊を寺院の外に移して公開する「出開帳《でがいちょう》」が流行しました。出開帳が開かれるとき、お寺の由緒が書かれた紙が配られるのですが、それがタイトルにも入っている「略縁起」です。

そんな社会背景を取り入れた本作は、ある和尚の談義（御開帳の説明）に聞き入る庶民が、それぞれの商売を見立てた開帳霊宝を見物するというもの。例えば、魚屋なら魚の霊宝、八百屋なら野菜の霊宝を秘仏の代わりに見て回る訳です。最後に重三郎が出てきて挨拶をする構成になっており、作品中に作者自身が登場してくるという春町が始めた遊びが踏襲されています。

このように、戯作や狂歌といった当時のポップカルチャーというべき文芸ジャンルを押し広げてきた重三郎ですが、一方で書物問屋株を取得し、漢籍、和学書なども手掛けるようになっていきます。一体、その目でどんな未来を見据えていたのでしょうか。その矢先、脚気《かっけ》が原因で重三郎は寛政9年5月に帰らぬ人となります。

享年47歳でした。

重三郎と歩く

江戸散歩

MINOWA AREA

EDO SANPO

浅草 三ノ輪エリア

◆見返り柳◆

遊び帰りの客が、後ろ髪引かれる思いで振り返った見返り柳。道路、区画整理等で現在の場所に移され、震災や戦災による焼失により、数代にわたって植え替えられています。

住所：東京都台東区千束 4-10-8

◆吉原神社◆

かつて吉原には廓の守護神として「吉徳稲荷社」「榎本稲荷社」「明石稲荷社」「開運稲荷社」「九郎助稲荷社」があり、明治 14 年（1881）に 5 つの稲荷社が合祀され「吉原神社」になりました。100m ほど南には「吉原弁財天本宮」があり、毎年秋には関東大震災で亡くなった遊女を弔う法要が行われています。

住所：東京都台東区千束 3-20-2

◆吉原「耕書堂」跡◆

安永元年（1772）に義兄・次郎兵衛の援助で吉原大門前の五十間道に「耕書堂」を開いた重三郎は、書店業と貸本業を営みつつ、初書籍となる遊女評判記『一目千本』を手掛けました。

住所：東京都台東区千束 4-11

◆吉原大門跡◆

吉原の周囲は黒板塀に囲まれ、その外側にはお歯黒どぶと呼ばれる堀が巡らされていました。いずれも遊女や侵入者の出入りを防ぐためで、廓への唯一の出入り口が大門でした。

住所：東京都台東区千束 4-15

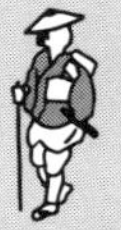

◆浄閑寺◆

明暦元年（1655）に開基した浄土宗の寺院。新吉原の遊女が投げ込むように葬られたことから「投込寺」とも呼ばれ、特に安政江戸地震（安政 2 年・1855）の際は、遊女をはじめ吉原の多くの人々の亡骸を弔いました。

住所：東京都荒川区南千住 2-1-12

◆正法寺◆

喜多川氏の菩提寺だった正法寺には、今も重三郎の供養碑があります。供養碑には重三郎と親しかった国学者で狂歌師の石川雅望と大田南畝による文章「喜多川柯理墓碣銘」が刻まれています。

住所：東京都台東区東浅草 1-1-15

一代で江戸のメディア王に上り詰めた重三郎の息吹が感じられる場所を散歩してみませんか?

まずは地下鉄・三ノ輪駅へ。駅の近くには、遊女の供養寺としても知られる浄閑寺があります。15分ほど歩いた先にある吉原大門の交差点付近では、「見返り柳」を見ることができます。遊客が着物を整えることからこの名が付いた緩やかな「衣紋坂」に、直接郭内が見えないよう蛇行した「五十間道」が続き、やがて「吉原大門」跡が見えてきます。碑こそありませんが、その付近は重三郎が最初に「蔦屋耕書堂」を開き、出版界にデビューを果たした場所です。

吉原のメインストリートを抜けると、右手に「吉原神社」が見えてきます。お参りしたら、その程近くにある「吉原弁財天本宮」でも手を合わせましょう。

次は、重三郎が眠る浅草の「正法寺」へ。石川雅望らによる撰文には、「志、人格、才知が殊に優れ、小さなことにとらわれない」「その巧思

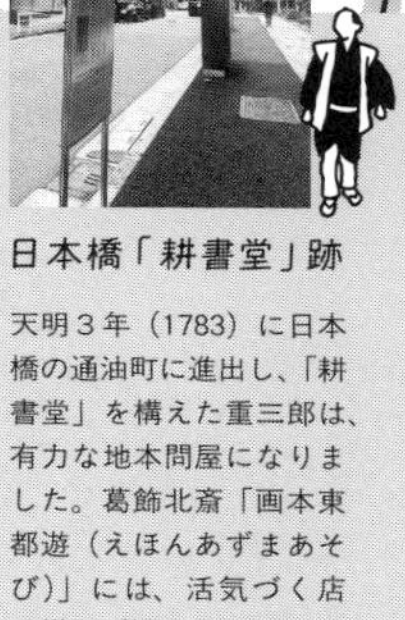

日本橋「耕書堂」跡

天明３年（1783）に日本橋の通油町に進出し、「耕書堂」を構えた重三郎は、有力な地本問屋になりました。葛飾北斎「画本東都遊（えほんあずまあそび）」には、活気づく店の様子が描かれています。

住所：東京都中央区日本橋
大伝馬町 13 付近

妙算は他の及ぶところなく頭抜けていて、耕書堂という大店を成すこととなった」とあり、多くの人を魅了した重三郎の人となりが窺えます。また、その隣にある養家・喜多川氏の墓碑には、重三郎が大田南畝に依頼した実母の顕彰文が刻まれています。そこには「私は七歳で母と別れさみしい思いをしたが後に再会し一緒に暮らすことができて今の自分がある」とあり、重三郎の内面に触れることができます。

場所は離れますが、重三郎が大きく飛躍する起点となった日本橋通油町の「耕書堂」跡へもぜひ。移転をきっかけに重三郎が両親と再び一緒に暮らした場所です。

おわりに

ライターという仕事柄、取材時以外は基本的に在宅仕事のため、一日の大半を家で過ごしています。何時間も机に向かっていると、無性に甘いものが食べたくなります。

どうにも我慢できない時は、自転車で近所の和菓子屋に出掛けます。旧東海道沿いにあり、重厚な看板を掲げたその店の創業は、享保元年（１７１６）。創業時からその店の名物である安倍川餅を買うときなどは、江戸の人々と同じ楽しみを分かち合っているようで、それだけでグッときてしまいます。３００年という歳月がぎゅっと縮まった気さえします。

そう考えると、江戸の人々と我々を隔てるものってそんなにないのかな？　なんて気さえしてきます。今の東京にだって江戸の名残を感じさせる場所は多々ありますし、江戸の人々の息遣いを今に伝えるものだって、案外たくさんありますしね。もちろん、「黄表紙」もその一つと言えるでしょう。

中村先生の研究室に向かう道の途中に、いちょう並木があります。その葉が眩しいぐらいの緑の頃はじまった取材は、銀杏が坂道を転がり、葉がすっかり黄色に染まるまで続きました。

本著を読み、〝「黄表紙」って面白いかも！〟と思っていただけたら、これほど嬉しいことはありません。巻末には今回お世話になった参考文献を記載していますので、興味のおもむくままに、他の「黄表紙」や資料にあたっていただければと思います。当時の風俗や文化、パロディの元ネタなどを知るほどに「黄表紙」の内容や可笑《おか》しみが、より深いものになっていくと思います。ぜひそうやって、本書と皆さんとのお付き合いを長いものにしていただければと思います。

知識豊富で、物腰柔らかな中村先生に解説していただきながら「黄表紙」を読む時間は本当に楽しく、お約束の時間を過ぎてしまうこともしばしば。その楽しさを読者の皆さんにも感じてもらえるように……と、祈るような気持ちで本書をしたためました。

今回、快く解説を引き受けてくださった中村正明先生、このご縁を繋ぎ、適切なアドバイスをくださりつつ並走してくださった時事通信出版局の井上瑶子さん、そして、本書を手に取ってくださった皆さんに、この場を借りて深くお礼申し上げます。

令和6年10月
山脇麻生

巻末言

黄表紙が出版され、蔦屋重三郎が活躍した時代というのは、江戸時代中～後期にあたる。この時期というのは、江戸の地における出版業勃興をひとつの契機として、〈天明ぶり〉〈天明文化〉と呼ばれる都市文化が活発になった時期である。後に花開く化政文化の始動とでもいうべき様相が見られ、庶民らの文化の享受から参画へという、いわゆる〈庶民文化、庶民文学〉の展開を見てとることのできる時期であった。

黄表紙は、当初知識・教養を備えた武士や富裕な町人などの文人らによって、いわば余技・余興的な遊興として始まったものと考えられるが、それが庶民層へと拡大していった。古典や歴史についての知識・教養以上に、当世社会への興味や流行への関心が、作品を理解し楽しむための要となっていったのである。

令和になった今や、江戸の当時の社会や流行も歴史の一部になっている。そのために、現代のわれわれが黄表紙を深く理解し楽しむことは難しくなっているかもしれない。それでも、本書を紐解いた読者の方々は、黄表紙に十分面白い要素がたくさんあることに気づいたのではないだろうか。いや、気づいたに違いない。そうした気づきが本書のねらいのひとつである。

本文ではほとんど触れられなかったのだが、時を超えてわれわれが十分面白いと感じる要素は、「趣向」と呼ばれている戯作の発想法であり、表現の方法である。難しいことは端折《はしょ》るが、要は、すでによく知られた物語や昔話、歌舞伎のストーリーなどを、アイデアや工夫によって面白く読ませるという発想・表現のことである。そのアイデア、工夫を「趣向」という。もともとは歌舞伎創作における考え方であったようだが、戯作においてもそれが援用された。それも、黄表紙の場合、徹底的に読者の知的好奇心に訴えかけて面白がらせ、笑わせるためのものとして活用されていく。

例えば、黄表紙の第1作とされる『金々先生栄花夢』は中国の古典物語『枕中記』、及びそれを日本において謡曲化した『邯鄲』の物語世界をベースにして、そこに当世の遊興の粋ともいうべき遊里・遊廓文化（洒落本世界）を組み合わせるという「趣向」の作品である。古典と当世を融合させることで生みだされる笑い。

『無題記』は物語ではなく江戸の人々が生きた当世社会や風俗、文化をベースにして、遠い未来になるとそれらがどう変容するかというSF的発想を見せる「趣向」である。現代の諸相を大袈裟に表現したり、逆転させてみせる笑い。これらは、言葉を変えると、読者にとって既知の世界や物語をもじったりひねったりして、いかに面白く楽しく加工して見せるかというアイデアなのである。

もちろんそれらの元ネタを知らなければ面白味は十全に理解できないわけだが、その趣向に気づけばそれだけでも楽しいのが、黄表紙という戯作なのだといえよう。

本書を読み終えた読者ならば、もう黄表紙を楽しむ準備運動は済んだも同然。

約２５０年前の戯作者と絵師たちが作り出した、自由奔放な発想と超絶技巧の表現による笑いの古典をただ純粋に楽しんでほしい、というのが個人的な願いである。

令和６年10月

中村正明

【主な参考文献】

『江戸の戯作絵本 1』（小池正胤ほか編）ちくま学芸文庫
『江戸の戯作絵本 2』（小池正胤ほか編）ちくま学芸文庫
『日本古典文学大系 59 黄表紙 洒落本集』（水野稔ほか校注）岩波書店
『新日本古典文学大系 83 草双紙集』（宇田敏彦ほか校注）岩波書店
『日本古典文学全集 46 黄表紙 川柳 狂歌』（浜田義一郎ほか校注）小学館
『新編日本古典文学全集 79 黄表紙 川柳 狂歌』（棚橋正博ほか校注）小学館
『「むだ」と「うがち」の江戸絵本——黄表紙名作選』（小池正胤ほか校注・解説）笠間書院
『隠語辞典』（楳垣実編）東京堂
『江戸物価事典』（小野武雄編著）展望社
『江戸風俗図誌 第六巻 江戸物価事典』（小野武雄編著）展望社
『燕石十種 第二巻』（森銑三ほか監修）中央公論社
『安永期黄表紙資料集』（中村正明編・制作）國學院大學
『近世文学研究叢書 9 蔦屋重三郎』（鈴木俊幸著）若草書房
『日本書誌学大系 48（1）黄表紙総覧 前篇』（棚橋正博著）青裳堂書店
『改訂版 詳説日本史研究』（佐藤信ほか編）山川出版社

著者

山脇麻生《やまわきまお》

大阪府生まれ、兵庫県育ち。ライター・編集者。京都精華大学マンガ学部新世代マンガコース非常勤講師。出版社でマンガ誌編集に携わり、2001年よりフリーランス。「朝日新聞」「本の雑誌」など各誌紙、Web媒体にコミック評および関連記事を寄稿するほか、講談や「まんが！100分de名著」シリーズ（扶桑社）の脚本などを手掛ける。

監修

中村正明《なかむらまさあき》

群馬県生まれ。國學院大學文学部日本文学科教授。
江戸時代後期から明治時代初期にかけて庶民に人気のあった江戸戯作を専門に研究する。共編著に『コレクション・モダン都市文化第66巻　江戸文化と下町』（ゆまに書房）、編著に『草双紙研究資料叢書』（全8巻、クレス出版）、『膝栗毛文芸集成』（全40巻、ゆまに書房）がある。

STAFF

装丁・本文デザイン・DTP	FUKI DESIGN WORKS
似顔絵イラスト	サトウリョウタロウ
校正	玄冬書林
画像協力	YOMOYAMA CHIKAKO
撮影協力	SAITO SEIICHI

すぐ読める！

蔦屋重三郎と江戸の黄表紙

2024年12月30日 初版発行

著　　者　山脇麻生
監　　修　中村正明
発 行 者　花野井道郎
発 行 所　株式会社時事通信出版局
発　　売　株式会社時事通信社
〒104-8178 東京都中央区銀座 5-15-8
電話 03（5565）2155
https://bookpub.jiji.com
編集担当　井上瑤子
印刷／製本　日経印刷株式会社

ISBN978-4-7887-2003-9 C0021　Printed in Japan